FRANCISCO OLIVA

MEMÓRIAS

DE UM TIME DE ESQUINA

2ª EDIÇÃO

mórula
EDITORIAL

REVISÃO
Leonardo Cunha

CIP-BRASIL. CATALOGAÇÃO NA PUBLICAÇÃO
SINDICATO NACIONAL DOS EDITORES DE LIVROS, RJ
Elaborado por Gabriela Faray Lopes — CRB 7/6643

O41m
2. ed.

Oliva, Francisco

Memórias de um time de esquina / Francisco Oliva. – 2. ed. – Rio de Janeiro: Mórula, 2023.

160 p. ; 21 cm.

ISBN 978-65-81315-49-8

1. Crônicas brasileiras. 2. Futebol – Crônicas. I. Título.

23-82423 CDD: 869.8
CDD: 82-94(81)

Rua Teotônio Regadas 26 sala 904
20021_360 _ Lapa _ Rio de Janeiro _ RJ
www.morula.com.br _ contato@morula.com.br
/morulaeditorial /morula_editorial

Dedico este livro a todos os peladeiros e aos queridos amigos que compartilharam a trajetória deste extraordinário time de esquina. Alguns deles foram citados, porque tiveram a fortuna de participarem dos momentos especialmente marcantes narrados, de forma evidente. Contudo, os que não foram mencionados não diferem em grau de importância quanto às glórias conquistadas pelo nosso querido Onze Rubros.

Esta obra é voltada, em especial, a todos os velhos treinadores desses campos. A dedicação fervorosa desses homens, de total entrega, ensinava os fundamentos básicos, aliando dom e talento criativo, e lançava os jovens aprendizes na maravilhosa arte de jogar futebol. Quero agradecer ao nosso querido Velho, Paulino dos Santos, que, além de sua incrível dedicação e dom divino de enxergar o futebol, preocupou-se demasiadamente, como um verdadeiro pai, com a educação e a formação do nosso caráter, levando-nos para o bem.

A eles, toda a minha gratidão.

SUMÁRIO

PREFÁCIO

SUBÚRBIO FUTEBOLEIRO

As origens do futebol no subúrbio carioca estão nas fábricas, nos clubes sociais, nas ruas de terra batida, de paralelepípedos, nos cruzamentos, nos campinhos de bairro dos interstícios da estrada de ferro da Central do Brasil. Foram centenas de times com suas camisas, identidades, torcidas e campos. Em um domingo especial de setembro de 1894, o futebol brasileiro nasceu em Bangu, no chão da fábrica de tecidos, no pioneirismo de um escocês. Dali em diante, homens e mulheres, crianças, jovens e adultos começaram a praticar suas sociabilidades por meio do futebol de rua, do time de esquina. Mulheres e negros buscavam resistir aos preconceitos, criando suas manobras. Ao longo dessa história, o futebol se tornou esporte para o bem-estar do corpo, mas também entretenimento e lócus de encontro de paixões, desejos, amizades e rivalidades.

No livro *Guimbaustrilho e outros mistérios suburbanos*, Nei Lopes, com a sua intelectualidade proveniente das pequenas e grandes histórias das ruas e das culturas populares, traça uma interessante reflexão sobre as histórias sociais e territoriais do futebol pelos subúrbios da Central do Brasil. Ele sinaliza como o esporte é uma prática social que envolve, aproxima e dá forma ao modo de vida dos suburbanos aos domingos:

> Os campos de futebol suburbanos eram espaços de socialização dominical. Tinha gente que passava lá o domingo inteiro, se alimentando de pastel de carne e de camarão (com pimenta ou sem pimenta), tomando refresco de groselha e

> raspa-raspa, chupando laranja (descascada no capricho, a casca fazendo aquela tira amarelo-esverdeada)... ou tomando umas timbucas pra enganar o estômago. E a programação desse domingo inteiro começava com uma pelada de veteranos ou 'casado e solteiro', de manhãzinha, e ia até o jogo calçado, 'prova de honra', o embate principal, de tardinha, os dois times bem uniformizados e de chuteiras reluzentemente ensebadas, fazendo até aquele 'hip-hurra', em roda no meio campo (Lopes, 2001, p. 128).

Aqui, neste livro, o escritor Francisco Oliva, nascido no Catumbi e com infância vivida em Quintino, esmiúça o que Nei Lopes sinaliza. Oliva traz as memórias do seu time de esquina — Onze Rubros Atlético Clube. Do conjunto habitacional IAPC, entre os bairros cariocas de Quintino e Cascadura, a agremiação foi fundada em 6 de janeiro de 1963 e viu craques anônimos do futebol brasileiro com a sagrada camisa vermelha e escudo ORAC desfilarem nas competições amadoras do Rio de Janeiro. De certa forma, o que Oliva narra, é um pouco da história de vários times que animavam o futebol de Quintino e arredores — do Juventude de Tonico e Arthur Antunes ao Quintino Futebol Clube de Caldeira, passando por outros times do Departamento Autônomo, como Everest de Inhaúma e Manufatura Nacional da Fábrica Klabin de Pilares.

Aproveitem as memórias do Oliva aqui descritas. Trata-se de uma ode ao subúrbio futeboleiro dos melhores dias do Rio de Janeiro de outrora. É um elogio para quem finca os pés nos campos de pelada. Como alegria, divertimento e fraternidade, nos clubes de bairro, nos territórios populares da bola, nas pequenas histórias das relações íntimas entre pessoas e seus territórios de vida. Pura contemplação do encontro e pertencimento! Deleitem-se.

PEDRO HENRIQUE GOMES

REFERÊNCIA

LOPES, Nei. *Guimbaustrilho e outros mistérios suburbanos.* Rio de Janeiro: Dantes, 2001.

APRESENTAÇÃO

Este livro é voltado a todos os boleiros/peladeiros que tiveram o privilégio de vivenciar a fase mais dourada da trajetória gloriosa do futebol brasileiro.

O termo "peladeiro", insistentemente, é mencionado no sentido pejorativo, pois, hoje, os jogadores são formados e robotizados por escolinhas de futebol, comandadas por professores de Educação Física. Estes, na ânsia de buscarem altos ganhos precocemente, abandonaram o incentivo aos verdadeiros talentos da arte de jogar futebol e priorizam os conceitos de ensinar, sem levarem em consideração o dom natural do atleta e sua criatividade. Assim, tornam-nos "brucutus da bola", fazendo os jogadores abandonarem a fundamentação essencial do verdadeiro futebol, contemplando-nos com algo pobre e feio, de disputa mais física do que de arte e técnica.

Nos campos de várzea deste imenso Brasil foram revelados os maiores peladeiros e craques-gênios do nosso futebol; alguns se perpetuaram por atingirem sucesso e notoriedade em vários clubes profissionais. A maioria dos jogadores teve a fama restrita aos lugares em que esses campos existiram; e suas contribuições foram proporcionais aos que ficaram famosos, em âmbitos nacional e internacional. Os ídolos que tínhamos como referência eram justamente os que permaneceram no ostracismo e embalaram os sonhos de muitos praticantes que, por sua vez, vieram a se tornar verdadeiros monstros do futebol. E seus frutos foram colhidos nas Copas do Mundo de 1958, 1962 e 1970.

Ao longo do livro, embora se faça referência a um time de esquina de um lugar específico, as pessoas que vivenciaram a época perceberão que a narrativa refere- se a tantos outros times e maravilhosos lugares outrora existentes ou que ainda existem. Muitos leitores, certamente, relembrarão episódios semelhantes, pessoais, de muitas emoções e delícias durante um período de ouro, fase perfeita em todos os sentidos da vida e, com certeza, impossível de voltar a existir.

MEMÓRIAS DE UM TIME DE ESQUINA

— Chiquinho! Acorda, meu filho, vem tomar café!

Acordar de quê, se nem dormi a noite toda?! Não sabia o que tanto me afligia e atormentava. Aquela manhã não era normal; a voz da minha madrinha soou gélida no meu ouvido — um silêncio sinistro de algo amedrontador, que murmurava fúnebre e de forma arrebatadora.

Uma tristeza profunda invadiu minha mente; não era tristeza que vinha do cérebro físico, do consciente ou subconsciente. Vinha da alma, do espírito. E eu, que acabara de completar 11 anos, sabia com exatidão que aquele dia seria diferente. Não sei como explicar...

O poder de percepção, de enxergar bem mais à frente, deprimia-me. Muitas vezes, passei por situações estranhas e incompreensíveis em função disso. Causava-me fraqueza, suores, palidez e náuseas; quase chegava a desfalecer.

Com muita força, levantei da cama. Ao pisar fora dela, tive um leve cambalear. Dirigi-me ao banheiro. Sentia fraqueza nos braços, a ponto de escovar com preguiça os dentes. Na verdade, nem os escovei.

Na mesa do café, estavam sentados meus padrinhos, um primo e uma prima de consideração, pois meus padrinhos eram amigos de meus pais. Meu Deus! Jamais vou esquecer aquele café da manhã! A mesa era farta, com variedades de doces, queijos, pães, bolo e outras iguarias; era para qualquer criança ficar eufórica e gulosa, principalmente eu, que convivia com as limitações de uma família pobre — pobre sim, porém com comida suficiente para satisfazer a fome, sem variações. Aquilo tudo levava meu pensamento à desconfiança e, cada vez mais, eu via nitidamente que algum acontecimento muito grave seria anunciado a mim.

Diante da fartura de comida, não toquei em nada; minha ânsia era de vômito. Olhei para o lado e vi minha prima com olhos marejados de lágrimas; minha madrinha levantou-se rapidamente, correu para a sala, considerando que eu não tinha percebido seu choro. Apesar da consciência de que uma notícia de proporções terríveis era iminente, não conseguia chorar; meus olhos estavam petrificados, e minha face não se movimentava. Durante algum tempo — não sei o quanto — fiquei em profundo silêncio, até que um despertar súbito estremeceu meu corpo e voltei à realidade, pois minha consciência terrena não queria que eu vivenciasse aquele momento. Então, chamei minha madrinha e disse a ela:

— Madrinha, por mais que eu seja criança, está claro que as notícias não são boas. Por favor, diga-me o que está acontecendo!

Seus olhos estavam avermelhados, profundos; e as pálpebras, arroxeadas. Seu rosto era sofrido, como de alguém que chorou durante toda a madrugada. Ela fitou-me com intensidade e respondeu:

— Meu filho, sua mãe juntou-se aos anjos. Ela está com Deus, no céu. — disse aquelas frases que se fala a uma criança quando a morte de um ente muito querido acontece.

Continuei no meu silêncio, pois não conseguia chorar. O filme da vivência com minha querida mãe passava na cabeça como um projetor desregulado e apressado, como nas imagens de cinema mudo. Aquela alma santa altruísta e muito querida por todos, que trabalhava incansavelmente, que só se dedicava aos filhos e sequer tinha tempo e direito de se divertir, havia morrido. Uma doença silenciosa e misteriosa para a época levou-a a sofrimentos extremos, justamente no dia da santa da sua maior devoção! Santa Luzia intercedera por ela, compadecida de seus sofrimentos; levava-a, com certeza, para a glória da luz divina.

Lembro-me, ainda, da última vez em que a vi. Havíamos ido eu e meu querido irmão, Ângelo, num sábado à tarde ao hospital. Quando entramos no quarto, ela mostrou-se extremamente fragilizada pela doença, e as forças faltavam-lhe. Mas, ali, deu-nos a última demonstração de sua extrema coragem e raça de uma italiana guerreira valorosa, que deixara sua terra e os entes queridos. Levantou-se com dificuldade, com uma força extraordinária, abraçou-nos chorando e repetiu, algumas vezes: “Meus filhos, meus filhos!” E beijava-nos incansavelmente. Voltou-se para mim, pegou embaixo do seu travesseiro uma figura de São Francisco de Assis e disse-me:

— Ele sempre o protegerá; carregue com você.

Hoje eu compreendo seu gesto, pois nossa mãe percebia, por eu sempre a acompanhar à igreja, que guardaria a convicção religiosa com fervor. Aos poucos, suas forças foram faltando, mas as lágrimas não paravam. Que sofrimento absurdo, que dilacera a alma! Aquela mãe, que punha sob suas asas protetoras os pintinhos, como escudo, tornando-nos invisível ao mal, sabia que estava nos deixando, e a dor da separação era alucinante; eu tinha certeza! A ferida causada por seus sofrimentos jamais se apagou da minha mente e vou carregá-la até os últimos dias da minha vida.

Meus padrinhos levaram-me ao velório, num silêncio de pedra. Acho que nada em mim tinha movimento; nem me lembro por quanto tempo ficamos no carro. De repente, a madrinha balbuciou: “Chegamos, meu filho. Seja forte!”. Avistei a imagem funesta ao fundo, naquela tarde lúgubre e cinzenta. Não chovia, nem fazia sol; a nebulosidade trazia uma brisa mórbida. Parecia que nada se movimentava. Sem dúvida, o tempo havia parado.

De imediato, meu olfato infantil apurado sentiu o odor vindo dos quartos dos pacientes ali hospitalizados, que acompanharam nosso calvário e o da nossa mãe, durante longos nove meses. Parei inerte e vi que Ângelo estava fora da sala do velório; a distância geográfica que nos separava era relativamente grande; porém, era como se estivéssemos frente a frente. Fui me aproximando lentamente de meu irmão e, ao chegar a ele, abraçamo-nos desesperadamente. Então, caímos em choro compulsivo.

Meu pai, de dentro da sala do velório, fitava-nos choroso; seu semblante era de dor e de muitas incertezas. Minha avó não parava de gritar, em lamentos e blasfêmias, a perda da única filha e companheira. E agora, o que seria de todos nós?

Após a cerimônia, lembro que voltei à casa dos meus padrinhos, porque era intenção que me criassem; a amizade entre minha mãe e a madrinha era de um laço extremamente forte, e ela sentia a obrigação de retribuir a amizade à amiga falecida.

Os dias foram passando; e recordo de quando estávamos próximos do Natal. Os parentes faziam de tudo para me distrair, mas minha tristeza não se afastava; meus pensamentos não estavam concentrados só na perda da minha mãe, mas na preocupação com meu pai e meus irmãos. Aquela não era minha família, embora tivesse gratidão por aquelas pessoas e pelo carinho que me dispensavam.

Pela primeira vez, passaria um Natal longe dos meus pais e dos irmãos; meus padrinhos encheram-me de presentes, o que jamais tive, pois nossa comemoração restringia-se à igreja e, depois, sempre com muita alegria, havia comida e bebida à vontade. Nossa família de origem italiana tinha esse hábito de permanecer como comensais à mesa, e isso só terminava no final da noite do dia 25. Mas presentes? Com que dinheiro? Não havia. Meus padrinhos e seus parentes próximos paparicaram-me, devido ao meu trauma sofrido. Ao levantar no dia de Natal, fitei os presentes, e nada me vinha à mente a não ser a imagem de meus irmãos. E eles? Como será que acordaram? E, aí, internamente, repartia aqueles mimos: "Aquele é pro Beto; este pro Ângelo; aquele pra Mena."

O dia de Natal foi longo; e eu queria apenas estar com meus irmãos e meu pai.

Após os festejos natalinos, percebi que meu desespero aumentava, e a saudade sufocava. Na verdade, aquele não era meu mundo; tudo funcionava com horários e muitas regras burocráticas: hora de acordar, hora de tomar café, hora de comer, hora de dormir... Infelizmente, apesar de todos os esforços dos padrinhos, a vida era chata, monótona e entediante. Sentia-me um felino enjaulado. Imaginam? Eu, que vivia uma vida quase selvagem, andando de short, sem camisa e com uma atiradeira na cintura para me defender, que subia nas árvores com a agilidade de um macaco, corria pelos muros, soltava e fazia pipas, balão, rodava pião com extrema habilidade circense e adorava me embrenhar no mato e sumir (motivo de muitas surras), via-me sem tudo isso.

Então, dois dias depois do Natal, tramei minha fuga. Aleguei não estar me sentindo bem e não fui com meu padrinho e os primos para a piscina de um clube famoso da Tijuca. Esperei minha madrinha sair para vender seus produtos de beleza. Juntei as roupas que tinha levado e decidi não carregar os presentes ganhos durante minha permanência com eles. Com algum dinheiro dado por meu padrinho, fui à praça e peguei o ônibus. Saltei longe de onde morava; por isso, andei a pé um bom pedaço e cheguei a minha casa à noitinha. Com dificuldade, subi as escadas. Cada degrau trazia a lembrança de minha amada mãe.

Para minha surpresa, ao chegar, deparei-me com meu pai. Estava sentado, com os olhos marejados de lágrimas, fumando seu tradicional charuto. Senti o cheiro da fumaça que eu tanto adorava! Minha surpresa era a presença de meu pai àquela hora, sozinho. E jamais, jamais, vou esquecer sua demonstração de amor paternal. Quando me viu, abraçou-me forte, quase provocando asfixia. Chorando copiosamente, disse:

— Meu filho, meu filho, você voltou!

E eu chorava pela imensa saudade. Queria que o tempo parasse e me deixasse nos seus braços. Minha carência e insegurança não me permitiam soltá-lo; ele, só ele, podia me consolar. De súbito, pensei nos meus irmãos e corri a procurá-los. Abracei-me com todos eles e permaneci assim por muito tempo. Afinal, eu voltava para o local de onde nunca deveria ter saído.

Um tempo depois, meus padrinhos vieram procurar meu pai, preocupados. Ficaram aliviados por me encontrarem ali e sequer chamaram minha atenção. Inteirados da situação, perceberam que só junto a minha família, com meu pai e irmão, eu seria feliz.

UMA NOVA FASE

Começou, então, uma nova fase em minha vida. Seguimos novo curso. O primeiro passo seria nossa mudança, pois não havia mais ambiente para permanecermos naquela casa; era imensa e difícil de cuidar. Nossa queridíssima Tia Emília, que tanto acompanhou nossas vidas e permanecia conosco na intenção de cuidar de nós, infelizmente apresentava uma enfermidade grave.

Nove meses depois do falecimento de minha mãe, ela também veio a nos deixar. Nossa, as duas de uma vez só! Dois golpes muito duros... Ela e nossa mãe eram muito amigas; por isso, Tia Emília havia ficado abalada com sua morte.

Estava decidido; nós iríamos morar com minha avó e meus tios, irmãos de nossa mãe, permanecendo no Rio de Janeiro. Na verdade, meu pai relutou muito contra a decisão, devido a desavenças entre genro e sogra, porém a nova realidade não lhe deixava alternativa.

Minha irmã, contava apenas com 15 anos e tinha, agora, três crianças para cuidar. Dali para frente, sua vida foi dedicada totalmente a nós. Com muito amor e bravura, ela assumiu as responsabilidades de nossa mãe, mostrando ter herdado seu espírito guerreiro. Como guerreirinha, manteve as rédeas junto de nossa avó materna, a quem reputo como a mulher mais corajosa e destemida que conheci. Devemos muita gratidão à nossa querida irmã e, com certeza, Deus irá sempre a recompensar.

Eu e meu irmão caçula, iríamos logo nos mudar e, depois de resolvido todos os detalhes da dissolução da casa, o restante da família iria se juntar a nós.

AQUELE BENDITO LUGAR

No início de janeiro, durante alto verão e férias escolares a pique, minha avó foi buscar-nos. Enfim, partimos para Quintino Bocayuva. O nome do lugar em que moraríamos soava estranho, pois não era um bairro badalado do subúrbio.

Nascemos no Catumbi, bem no alto, quase no morro, e os acessos a Santa Teresa eram por meio de grandes escadarias existentes no final das ruas. Ali moramos até 1955, num casarão da Travessa Vista Alegre. Ao fundo do quintal de nossa residência, havia uma grande escadaria; subíamos e brincávamos num grande pomar unido à imensa Mata Atlântica. Nas redondezas, tínhamos vizinhos ilustres, como o Bafo da Onça e o Vai Quem Quer, os blocos carnavalescos mais famosos da época.

Depois, houve um período em que moramos no Engenho Novo, até 1961, quando nossa mãe veio a falecer. Estávamos, agora, indo para um lugar totalmente desconhecido, presos ao sentimento de grandes amizades feitas nos outros bairros. Eram muitas partidas ao mesmo tempo, e nosso emocional estava em frangalhos. Mudanças radicais aconteciam quase simultaneamente.

Deixamos para trás amigos, vizinhos, colegas de escola e de igreja. Tudo muito assustador! Não acreditávamos que um novo acontecimento pudesse amenizar ou mesmo mudar aquele quadro. Ademais, meus irmãos mais velhos iriam ficar só algum tempo conosco; e não sabíamos, com exatidão, quando voltaríamos a morar juntos de novo. Eles eram muito importantes, para mim e ao caçula, pois transmitiam proteção e segurança. Nossa carência era imensa!

CHEGADA DESLUMBRANTE

Chegamos ao novo bairro num dia de verão. O entardecer aproximava-se, vagarosamente. O sol dava sinais de enfraquecimento; e o céu, no seu esplendor azulado, cedia lugar a nuvens no distante horizonte, que se avermelhavam por raios entrecruzados. Uma forte brisa agradável e refrescante fazia-se sentir. Os verões daquela época não eram abrasadores; por isso, todos buscavam as ruas para melhor aproveitarem o frescor das tardes-noite, e o sentimento que percebi, logo ao me mudar, era de grande satisfação.

Impressionante! A imagem primeira do conjunto em Quintino, aos nossos olhos, era de um cenário deslumbrante. Como aquele lugar pulsava! Era como um coração de um bebê recém-nascido, batendo forte por ambição desenfreada de vida. Cada canto explodia em movimentos lúdicos.

Os pequenininhos corriam e esbaldavam-se aos olhos atentos das mães que, sentadas em cadeiras, conversavam animadamente. Percebi, de cara, que tudo se organizava por faixas etárias, de maneira que cada um procurava seu espaço. Olhávamos ao redor e percebíamos brincadeiras de várias espécies desenrolando-se ao mesmo tempo, formando um incrível conjunto de prazer e felicidade. As bolas subiam e desciam de diversos tamanhos; as petecas idem. Crianças abaixadas jogavam bolinhas de gude; as meninas brincavam de amarelinha. E havia ainda o colorido das centenas de pipas, que bailavam no ar, formando uma beleza apoteótica de múltiplas formas. Eu jamais tinha visto um complexo de moradia daquele! Não era muito comum na época.

Moraríamos num grupo formado por diversos edifícios de quatro andares. Já à primeira vista, parecia bem limpo. Cada um dos prédios possuía jardins gramados à frente; e todo o conjunto era bastante arborizado. Com o tempo, soube que os cuidados externos ficavam por conta de uma administração monitorada pelo estado; os zeladores fardados davam o toque de preservação. Os pobres coitados sofriam nas mãos da criançada, que insistia em desrespeitar regras simples, prática de criança mesmo, que contribuía mais para gozação do que para gerar consequências desagradáveis.

Diante dessa imagem inicial, eu e meu irmãozinho detivemo-nos por alguns minutos e fitamos o local como um grande radar. De forma mágica, tivemos o sentimento de incrível prazer e bem-estar; uma energia abençoada invadiu nosso ser como um grande espírito de luz e, naquele exato momento, sentimos que já fazíamos parte de tudo aquilo, há muito tempo.

Caminhamos com firmeza e tínhamos a certeza de que todo o nosso sofrimento terminava. A paixão repentina pelo novo local de morada deu-nos esperança de que melhores dias estavam por vir. Ali se respirava vida. Parecia-nos um grande carrossel de múltiplas diversões.

Ouvíamos também músicas imaginárias, que protagonizavam o novo contexto; era uma explosão de alegria e de bem viver. Será que estávamos sonhando? Não; não era sonho. O conjunto do antigo "IAPC" formava uma república perfeita, capaz de causar inveja a Platão, contrariando suas ideias de degradação humana. Era plena e romântica a sensação de felicidade e bem-estar. Eis um grande exemplo do que seria viver em comunidade, em confraternização, lembrando as grandes aldeias indígenas.

Sem exageros, com o passar do tempo, tivemos a certeza de estarmos numa grande família, dividida em mais de setecentos apartamentos. A solidariedade mostrava sua excelência em cada gesto. Divergências, brigas, fofocas? Claro que existiam; porém o grupo de moderados e pacificadores de plantão era muito respeitado, e tudo se resolvia de maneira racional. O bem se sobrepunha ao mal, de uma maneira tão expressiva e exemplar que as desavenças eram ignoradas, sem relevância. Evidente que em qualquer ambiente as fofocas são inevitáveis, e tínhamos também os fofoqueiros; contudo, por incrível que pareça, até isso tinha tratamento hilário. E as brincadeiras faziam rir; rir muito.

Todo o contexto era perfeito. Com certeza, Deus colocou-nos ali para nos compensar de tudo por que havíamos passado. Aquelas pessoas não foram enviadas à toa; cada personagem do complexo tinha suas características peculiares. Posso citar um exemplo clássico da real natureza humana do bem. Com raríssimas exceções, quando alguém se desviava do bom caminho; esta era deixada de lado e relegada ao ostracismo, pois a fruta podre não poderia fazer parte da caixa. Portanto, a própria pessoa afastava-se. Notícias de violência? Apareciam alguns ladrões de galinha, que a própria comunidade dava jeito de resolver, sem ter de apelar à polícia e à guarda-noturna, que embalava nossos sonos com seus estridentes e deliciosos apitos.

Os jovens adolescentes, no auge do vigor, sempre em completa atividade, esbanjavam contagiante alegria. Não se tinha tempo para respirar; do início da manhã até a noite, pois os eventos atropelavam-se. Havia jogos, brincadeiras e também festas resolvidas de repente, sem planejamentos; bastava um violão, alguém tocando, e juntava-se uma quantidade imensa de pessoas. As cantorias eram empolgadas pelas músicas da época; os vizinhos nas janelas acompanhavam, de alguma forma, um verdadeiro delírio de prazer.

— Vamos fazer um Hi-fi?

— Na casa de quem, de fulano?

— Tem vitrola? E os discos?

— Os rapazes vão dar os refrigerantes; as moças darão ossalgados: biscoito salgadinho ou pão de forma com patê, e cada um dá tanto para comprar o rum.

A festa estava formada com cuba-libre; e o sucesso era certo! Havia sempre danças, e as músicas explodiam nas rádios, com rock, twist, Elvis, Bill Halley, Chubby Checker e a Jovem Guarda dando os primeiros sinais do que viria a ser aquele extraordinário movimento.

As festas do calendário tradicional e do folclórico eram também celebradas de maneira exemplar naquele conjunto em que morávamos, com intensidade e romantismo. Cada vez que elas terminavam, deixavam um sentimento de melancolia, porque tínhamos a certeza inconsciente de que aqueles momentos deveriam ser vividos intensivamente, como se fossem os últimos dos dourados anos. Os astros tinham conspirado para que existisse aquele lugar, como despedida de uma grande era romântica que talvez jamais volte...

O Carnaval era um evento à parte; as marchinhas nas rádios eram as estrelas dos comentários.

— A da Emilinha é a melhor.

— De jeito nenhum! A da Marlene vai estourar!

— Eu prefiro o samba do Jamelão...

E aprendíamos todas; sem dúvida. O Carnaval era o festejo mais aguardado do ano. Nem sabíamos se o pré- carnaval era melhor que o próprio evento. As batalhas de confetes nos clubes tinham a animação do dia de Carnaval, e eram levadas muito a sério. Como nos esbaldávamos!

Os grupos com bateria, pequenos blocos, treinavam e animavam a todos. Nos dias antecedentes aos festejos, as pessoas mobilizavam-se para se apresentarem da melhor maneira. O que se guardava de segredo das fantasias era brincadeira! Uns optavam pelo estilo individual hilário; outros, luxo; uns, originalidade. E os grupos formavam- se de Clóvis, índios, monstrengos, havaianas, baianas; muitos outros. Tudo era planejado com bom gosto e amor, e o resultado era indescritível — cores e variedades de impressionarem pela criatividade! Sem contar que alguns simplesmente lançavam mão de tamanco, short, bolero, chapéu de marinheiro, óculos escuros, uma lata de talco ou lança-perfume e iam para a folia. A palavra de ordem era justamente essa; era momento de alegria, companheirismo, parceria, amizade, solidariedade e muita brincadeira e badalação.

Os bondes e os trens superlotavam de foliões cantando e batendo com os tamancos; os corsos enchiam as ruas de confetes, serpentinas, lança-perfumes e mulher bonita. Aquele cheiro maravilhoso dos perfumes lançados era característico de Carnaval. Os bailes infantis e de adultos, verdadeiros shows, explodiam em delírios de alegria; paqueras e paixões deixavam suas marcas, mesmo depois de muito tempo passado. Na verdade, raríssimas vezes, davam certo. Afinal, não dizem que amor de Carnaval desaparece na fumaça?

Os blocos formados nas próprias comunidades participavam de uma disputa sem troféus, apenas para mostrar qual era o mais animado. Rivalidade? Que nada! Os blocos passavam, e íamos atrás, sem preocupação com o trajeto. Assim, seu tamanho aumentava a cada lugar em que desfilavam. Queríamos brincar, divertirmo-nos e nada mais. Como era bom o Carnaval! Os que tinham tendências homossexuais, sem preconceito, também existiam. Na verdade, eram pouquíssimos e pontos de referência, porque, se alguém queria onde morava fulano, geralmente vinha uma explicação assim:

— Está vendo aquela casa ali; é mais adiante, depois da casa daquela bicha.

— Ah, a bicha Fulano de Tal?

— É; é essa mesma!

A referência não era sentida como preconceito e discriminação; mas justamente porque não se conheciam muitos gays, na época. E eles acirravam disputas de fantasia numa rivalidade doida! Fechavam-se misteriosamente durante o ano, num segredo total; ninguém, ninguém mesmo tinha acesso às informações, nem mesmo os agentes do FBI, da KGB, que descobriram segredos de bombas e foguetes, na Guerra Fria! Porém, as fantasias dos gays para o Carnaval? Impossível descobrir. Lolita, Paulette, Calito, Beron, H.Bruno e outros não revelados disputavam entre si.

A tarde-noite de domingo de Carnaval era o momento mais esperado. A vizinhança nas janelas e nas ruas mantinha os olhos atentos, voltados para os edifícios que eles moravam. Quem sairia primeiro? Os grupos de foliões malandros mantinham-se a postos, inclusive eu, pronto para o delírio; como torcedores, queríamos proferir chalaças e demonstrar nossas preferências. Que aflição!

Lembro-me de uma vez em que um deles tomou coragem. Era Calito — que Deus o tenha! Vestia-se como um soldado romano estilizado, em preto e amarelo. Era belíssima a fantasia; realmente de impressionar! Andou imponente pela principal rua do conjunto; sua altivez demonstrava ter incorporado César. Ao longo da Rua C, que abrangia oito prédios, sendo quatro de um lado e quatro do outro, de uns noventa metros, os admiradores cochichavam. A aprovação fora total, e todos o elogiavam. O orgulho que ele ostentava era de emocionar! Os gritos de "já ganhou" apareceram de imediato.

Nisso, H. Bruno, com inveja e ódio, totalmente louco, não se conteve; desceu com sua fantasia de "Rei de Paus". Na disputa, ele concorreria ao título de originalidade e realmente era muito bonito e criativo seu vestuário, mas não empolgou os presentes. Um outro que gostava também de se fantasiar e de participar da disputa; então, desceu com seu palhaço estilizado, também bonito e bem bordado. O traje revelava um trabalho de artista.

Seguiram-se os demais; e, na verdade, todos eram bem elogiados. Era de se tirar o chapéu! Para eles, aquilo era uma disputa pessoal; queriam saber, afinal, qual era a mais bonita. Quem venceu? A turma da molecagem uniu- se, e não era nosso objetivo escolher o melhor; e, sim, acirrar ainda mais a disputa.

— Calito, a sua é a mais bonita!

Depois, dizíamos a H. Bruno:

— A sua dá de mil!

— O seu palhaço escandalizou!

Lolita era gay e pobre; com certeza, o que mais gostava de criar tumulto e brigas. Não se deixou abalar e usou, naquele ano, sabe-se lá que fantasia! Era indefinida e inusitada. E, assim, sucessivamente, ouvia-se: "É você! É você!". Conclusão; não houve vencedor. Houve pancadaria, quiprocó e baixarias; primeiramente brigaram entre si. Um homossexual desclassificado bradou:

— Eu te vi na Praça Tiradentes!

— E você, sua enrustida, que não assume?! Na Mauá, você é a rainha, bicha nojenta! Vi você de corista no teatro rebolado.

Depois, ainda aconteceu briga entre os torcedores, e algumas fofoqueiras levaram a culpa pela dúvida. Nós costumávamos aproveitar para colocar a culpa, na hora da confusão, na fofoqueira mais desagradável, que nos perturbava durante o ano todo. Naquele momento, era a hora da desforra.

Todos enlouqueciam. Perdiam as estribeiras, e os gays vociferavam palavrões sem piedade. E, quando achávamos que nada mais poderia acontecer para tornar o ambiente pior, veio o engano. O maluco do China abraçou Lolita por trás, com a força de um doido, fingindo um coito de cachorros. Ele gritava alucinado: "Caim! Caim! Caim!" Lolita, desesperadamente, quis se soltar e não conseguiu. As mulheres tentaram acudir, batera no China, pedindo para soltar Lolita. Formou-se um pandemônio e, depois de muito custo, o louco soltou-a. Quantas risadas! Quanta boa bandalheira! No conjunto da obra, tudo valia, porque era Carnaval. Aquilo, sim, era o verdadeiro Carnaval!

Pós-festa, e os gays sumiam durante um tempo enorme, magoados uns com os outros e, certamente, com os engraçados (nós, sacanas de merda) que causávamos a confusão. Por incrível que pareça, no ano seguinte, lá estavam eles na mesma disputa. Eram ego e vaidades acima de todos os acontecidos, pois eles queriam aparecer e mostrar sua criatividade.

Que tempos! Que lugar! A melancolia da saudade pós-carnaval demorava a ser esquecida; ruminávamos as paixões surgidas, e sempre havia as mesmas lamentações. "Puxa! Ela me deu bola durante o Carnaval todo, e não fui até ela! Que jeito? Esperar o próximo..."

Após Quarta-feira de Cinzas, início da Quaresma, os comentários dos festejos surgiam com um apego saudoso. Mas já era hora de iniciar os planos para a batalha de confete, no Sábado de Aleluia.

O CONCURSO

Calito, o provável ganhador do concurso de fantasias citado no outro capítulo, era extremamente criativo e talentoso. Participava ativamente de todo evento no conjunto habitacional em que vivíamos e, por sua bondade, simpatia e presteza, era querido por todos. Principalmente pelas mulheres, que usufruíam de seu talento na sua principal arte, como cabeleireiro. Elas disputavam-no; por isso, sua agenda estava sempre lotada. Trabalhava incansavelmente para não deixar nenhuma delas insatisfeita.

O programa de televisão mais famoso da época era o do Velho Guerreiro, o "Buzina do Chacrinha". Nele, havia concursos variados, os mais inusitados e patéticos possíveis, que arrancavam risos da plateia presente e do público de casa; essa característica fazia do programa o mais assistido nas noites de quartas-feiras. Inocência, graça e muita loucura do Velho Guerreiro traziam prazer e satisfação plena.

Assim, certa vez, criou-se um concurso do cabelo melhor penteado e mais criativo. Os apelos foram perseverantes para que Calito participasse. E, depois de muita insistência, ele aceitou o desafio. Sabia-se que, para conseguir passar pelas fases de classificação, além de produzir um cabelo criativo, tinha de se levar torcida ao programa, pois a plateia presente dava o veredicto. E assim foi durante algumas semanas; levávamos um ônibus lotado à "Buzina do Chacrinha". Chegávamos bem antes à fila para comprarmos ingressos e enchíamos o teatro. Os concorrentes foram sendo superados, até que Calito chegou à final! Ele e mais uma cabeleireira do bairro de Pilares que, como agravante à rixa entre os bairros, era muito incisiva por brigas acontecidas em bailes de clubes e festas de rua.

Durante a semana que antecedeu a final, os comentários e as possíveis táticas de como agir tomaram conta do conjunto, pois a guerra seria iminente. Depois de muita confabulação, tomou-se a decisão de irmos com dois ônibus lotados ao programa; e até hoje não sei de onde apareceu dinheiro para aquilo tudo — ônibus e ingressos. Então, planejamos chegar o mais cedo possível e, depois que estivéssemos na fila, quem iria passar nossa frente? Um dos veículos foi normal, com muita presença feminina, incluindo algumas senhoras, fãs incondicionais de Calito. No outro, escolhidos a dedo, viajavam os loucos arruaceiros que gostavam de uma bela confusão. Parecíamos realmente dispostos a tudo! Bateria de samba, com Aranha, o mestre, e nós, os ritmistas: eu, Rui, Beto, Ângelo, Ivan Pelé, e os demais doidos: China Maluco, Memeco, Rui Babão, Zarazilha, Neném Cabeleireiro e Paulo Bolinha. Éramos um grande congresso de loucos inconsequentes, capazes de causar inveja a Nero, Hitler e Freud, por não terem vivido em nossa época, para conhecerem nossas mentes perturbadas.

O programa começava às 20h, e chegamos ao local com toda aquela parafernália às 13. Mas, para nossa surpresa e decepção, já havia muita gente na fila; a quantidade que o adversário levara daria para encher o teatro! E nós? Com certeza, nosso Calito perderia o concurso de lavada. E, naquele momento, diante da cena, ele teve uma crise de choro e manteve-se inconsolável. Nós, inconformados, sentimos que precisávamos agir. A princípio, ficamos atrás, na fila, como se nada estivesse acontecendo e começamos a batucar e a cantar um samba. As hostilidades eram latentes; volta e meia, sentia-se um empurrão de cá, outro de lá, e os nervos esquentavam. Aquela disputa não poderia ser perdida.

Foi se aproximando a hora de abrirem as bilheterias, e a situação agravou-se. E pusemos o plano em prática. Com o pessoal de briga na frente, garantimos os ingressos. As bilheterias tinham alambrados separando os guichês; então, deslocamos o grupo dos arruaceiros pelos lados, uma estratégia militar dos tempos medievais, e aproximamo-nos para causar um tumulto e dispersar a fila. Contudo, antecipadamente, numa crise de loucura patética, Memeco subiu num dos alambrados e atirou-se sobre o pessoal, gritando histericamente e empurrando todo mundo. Ele era absurdamente forte e briguento. Parecia um gorila enfurecido. Tinha um cérebro de galinha, de inteligência muito limitada, porém era um ótimo trabalhador braçal e bom companheiro. Enfim, um doido de pedra.

Mas que porcaria! Que rebuliço! Jamais vi e participei de uma briga tão generalizada! Era uma confusão que não media consequências. Lembro-me de que um grupo grande correu para uma rua vizinha à Rede Globo, num caminho sem saída. As pessoas fizeram uma muralha como uma grande batalha da Idade Média; e estabeleceu-se um confronto animalesco, em que se usou de tudo: cinto de segurança de avião, instrumentos de bateria de bloco, pau de bumbo, pedra tirada da rua e tantos absurdos. Formava-se uma batalha campal que, felizmente, não acabou em tragédia, nem teve vítima fatal; porém os feridos foram muitos e de certa gravidade. O balanço final foi a cabeça quebrada de Paulo Bolinha e tantos ferimentos em outros. O Velho Guerreiro ficou assistindo a tudo de camarote, do parapeito da emissora, e ria à vontade de toda a balbúrdia.

A correria frenética dispersou todo mundo. Com isso, os ônibus partiram, deixando o local completamente vazio. A polícia foi acionada, e a dispersão total foi efetuada à base de pancadaria e gás. O concurso foi adiado e perdeu o brilhantismo da grande final. A maioria de nós, que tínhamos ido para torcer, só retornou ao conjunto habitacional muitas horas após o tumulto, já de madrugada.

A disputa entre os cabeleireiros concretizou-se depois. Se perguntarem qual foi o resultado, ninguém sabe. Aquele nosso lugar era assim; tinha tudo, e mais um pouco.

Para se ter uma ideia de nossa mente perturbada, Memeco, o principal causador da confusão, após uns meses, participou também da "Buzina do Chacrinha", num quadro que premiaria quem comesse mais banana durante o programa. E foi o vencedor! Comeu 116. Ganhou um bom dinheirinho e, quando chegou aos nossos prédios, foi recebido com honras de herói. Para comemorar, comeu dois galetos assados naquelas televisões de cachorro e bebeu muitas cervejas. Como definir um homem desses?

A ESCOLA

Eu e meus irmãos estudamos em escola pública; primeiramente, no colégio Sarmiento, no Engenho Novo. Depois, com a mudança para Quintino, ingressei numa escola com o nome do bairro. Lembro do primeiro dia de aula.

Com a ressaca das férias, estávamos num mau humor danado. Já com alguma experiência, sabíamos ser este o mais importante dia, pois definiríamos lugar de sentar e futuros amigos. Alguns procuravam juntar-se à garota mais bonita; outros, aleatoriamente, formando pares ao acaso. Porém, eu e muitos outros malandros que não gostavam de estudar disputávamos o lado de um CDF. Quando se estava bem informado quanto ao ano anterior, levava-se imensa vantagem; mas esse não era meu caso. Então, era questão de adivinhar. "Aquele usa óculos de grau; tem cara de cientista."; "Aquele tem cara de filhinho de mamãe e deve estudar muito..."; "Huumm... Aquele é todo engomado!" Os CDFs tinham características básicas e eram garantia a cola do ano todo! Tratávamos todos muito bem e oferecíamos proteção a eles; se os ameaçassem, nós nos metíamos. Hoje, vejo que era uma tremenda enganação aquela atitude, pois enganávamos a nós mesmos com as colas.

Contudo, a rigidez dos mestres obrigava-nos a estudar contra a vontade, mesmo os mais vagabundos. Talvez por isso, nossa geração tenha tido o privilégio da boa educação cultural.

Nas escolas, as boas amizades aconteciam com certeza. Durante os recreios, a merenda era farta e boa, e poucos a traziam de casa. A pelada acontecia com bolas improvisadas, geralmente de meia, e tantas outras brincadeiras. A gostosa energia daqueles tempos dourados estendia-se a todos os lugares e ambientes. Às vezes, saía uma briguinha fora da escola, mas dessas de, no outro dia, fazerem-se as pazes; o motivo era, quase sempre, uma garota ou problema com o protegido.

Havia também as desavenças entre os colégios mais famosos da época: Pedro II e Colégio Militar, sempre entre o pessoal do ginásio. E concretizavam-se nos bondes, pelas misturas de tipos de pessoas; assim, acirravam-se provocações, com versões de músicas inventadas, paródias e gritarias. Muitas vezes, a situação ficava séria, e alguns iam parar nos hospitais.

O estudante da época, porém, tinha um orgulho imenso de ostentar o uniforme e de defender seu colégio.

Com as aulas em curso, nosso edifício habitacional movimenta-va-se; nada ficava inerte. Os estudantes da manhã jogavam à tarde; e os da tarde, na parte da manhã. Era jogo de bola, de bola e de bola. Por vezes, variavam com pipa, bolinha de gude e rodar pião. À noite, as brincadeiras tradicionais aconteciam: bandeirinha, carniça, morcego, betis, vôlei de rua. Os carrinhos de rolimã estridentes cortavam as calçadas íngremes em disparada, com manobras radicais e loucas. Só vendo para crer. Toda aquela acústica juntava-se aos gritos das outras brincadeiras; os sons misturavam-se, numa trilha agradável, porque, ali, habitava vida saudável.

Havia um local no pátio, pouco longe, em que brincávamos com tábuas improvisadas de restos de armários. Espalhávamos sobre elas pedaços de vela do crematório da igreja, ou de banana ou parafina; depois, descíamos as ladeiras muito íngremes de paralelepípedo, numa velocidade alucinante, sem proteção alguma, e sempre, quase sempre, o acidente era inevitável. Normalmente, éramos quatro garotos nessa brincadeira, formando duas duplas. Um ficava na frente, na direção; e o último de trás, no freio. Que freio?! Ao fim, cabeça, braços, pernas... Tudo ralado! Por vezes, aconteciam acidentes mais graves.

Em atividades mais perigosas, só descia moleque de rua cascudo e meio doido; os filhinhos de mamãe nem se aventuravam. Otário, nem pensar! Aymoré, um negrinho fininho, de andar malandreado, achava-se o cara. Um dia, pediu a mim:

— Hoje eu quero ser o condutor da tábua. — Era quem iria dirigir a frente.

Então, respondi:

— Ali não é sua praia; o teu negócio é no freio, lá atrás.

Mas ele insistiu muito, e os outros dois colegas concordaram; eu não confiava em Aymoré nessa função, mas não poderia demonstrar arrego. Preparamos a tábua e tomamos as posições; fiquei no freio, e a ordem foi dada. Pegamos uma velocidade impressionante. Aquele menino danado não tinha controle emocional para grandes velocidades; então, no meio da ladeira, descontrolou-se totalmente. A tábua desgovernou-se, e o restante? É de fácil previsão! Fomos parar todos no hospital. Ele perdeu metade do dedo, porque era teimoso e gostava de aparecer. E talvez tenha passado a acreditar naquela história de "Cada macaco no seu galho".

Era a agradável sensação de satisfação e de prazer, e de respirar vida saudável que havia naquelas diversões. Nossa alegria irrefutável dava-nos a certeza de que tudo valia muito a pena.

Os mais velhos, como forma de lazer, jogavam cartas e organizavam campeonatos de buraco, tranca e sueca E como levavam a sério! As senhoras? Adoravam sentar em frente às portas dos edifícios e, com olhar vigilante sobre os filhos, conversavam animadamente sobre assuntos corriqueiros do dia e dos feitos dos pupilos no colégio. Ah, e com suas armações, teciam pontos de crochê e renda. Eu adorava ficar em meditação, observando todo aquele contexto divinal. Eram bens naturais de enorme valor.

A vida, portanto, seguia seu curso de maneira salutar. Raríssimas vezes alguém se detinha frente à TV, por exemplo. Na época, além de poucos a possuírem, os programas não eram considerados mais interessantes que a vida especial, ao vivo. Uma rara lembrança minha aponta para o capítulo final da novela "Mamãe Dolores". O nome não era exatamente esse, mas passou a ser devido ao espetacular trabalho desempenhado pela protagonista. Nesse dia, nosso conjunto habitacional parou diante da TV; contudo, acabado o capítulo, todos desceram para os jardins. Era hora dos comentários; e, em pouco tempo, tudo voltava ao curso normal.

Felizmente, aquele flagelo da televisão, que iria exterminar com a família e com toda a vida extraordinária que se levava, estava engatinhando e ainda não nos contaminava. Os programas eram dirigidos totalmente para o bem, sem manipulações da mídia.

Nosso grupo de edifício, geograficamente, era um lugar privilegiado. Ao redor de todo o complexo, havia uma região semelhante à zona rural, com ruas de casas baixas e com imensos terrenos. Neles, orgulhosamente, os moradores ostentavam pomares, dizendo que o dele era o melhor. Acima, havia o campinho de futebol, o afamado morrinho, palco de memoráveis jogos de pelada e de onde saíram as maiores revelações do conjunto. Era motivo de orgulho ser um dos primeiros escolhidos naquelas peladas e ter status de craque.

Havia também a fábrica de móveis com um imenso terreno e uma ribanceira; ali morava Vovô, apelido de um famoso banqueiro de bicho da época. Era uma área de muita vegetação nativa. Se pulássemos a linha do trem, que margeava o conjunto pela Rua Goiás, encontrávamos um imenso terreno com um campo de futebol de várzea, o Sagres F.C. No fim da parte plana, começava o morro que, se escalado, sairia do outro lado, na Zona Oeste do Rio, na extremidade direita do campo do Hospital dos Tuberculosos. Por ali, existia um pomar imenso de jabuticabeiras; como as roubamos! Eu e o Babão fomos pegos, uma vez. Rui também. E, por isso, tivemos como castigo lavar o hospital durante uma tarde inteira! Aquilo acontecia a quase todos os moleques. Melhor para nós que tínhamos uma variedade de frutas à disposição e, no bom sentido, pudemos pular por aqueles quintais, apropriando-nos ou roubando, no bom sentido, as maravilhosas frutas maduras no pé. O gosto é outro, de um prazer inimaginável!

Na verdade, os proprietários não ignoravam nossa prática, mas não ligavam muito, pois percebiam ser brincadeira de criança. A inocência infantil dos pequenos furtos não dava margens para acontecimentos violentos; raramente se tinha notícia de que um adulto maltratara uma criança. Mas, em regras, sempre há exceções...

Havia o terreno do Capitão. Aquele homem era mau e não admitia que pulassem na sua propriedade e reprimia com tiro de sal. Quem foi criança, naquela época, sabe que isso despertava muita curiosidade. A verdade é que as mangas dali tinham um gosto diferente. Quem as conseguisse ficava com status de herói e líder do grupo. Eu e meu irmão Ângelo tínhamos um histórico vasto, no bairro em que antes morávamos, pois nenhum terreno tinha ficado sem nossa visita; portanto, não seria o Capitão que iria nos amedrontar!

No Engenho Novo, moramos na rua de subida ao Morro da Matriz e convivemos, durante todo aquele tempo, com as hostilidades dos que moravam no morro. Embora também fôssemos pobres, eles não nos consideravam assim; em sua visão, quem não mora lá em cima é rico. A pancadaria acontecia quase todos os dias; se não brigasse, apanhava. Então, o jeito era brigar e não botar o galho dentro, porque eles batiam sem piedade. Meu Deus! Perdi a conta de quanto brigávamos!

Os jogos contra o pessoal do morro nunca acabavam bem; era só briga e pancada. Tudo aquilo nos tornou selvagens e hostis; portanto, ao chegarmos àquele conjunto, ainda trazíamos os traumas da lei de sobrevivência. Aliado a isso, havia o sangue quente, herdado de pais italianos, calabreses, que contribuía para nossa quase ferocidade. Comparando aos dias atuais, seríamos um desses moleques de rua.

Para que se tenha ideia desse trauma, cito um episódio. No dia em que cheguei ao conjunto, minha avó mandou que tomássemos banho. Vestiu-nos com aquilo que tínhamos: short, camiseta e, acreditem, um par de tamancos. O calçado era comum em alguns lugares; um hábito herdado de portugueses, italianos e outros imigrantes europeus. Contudo, ali era incomum. Vovó pediu que ficássemos sentados na portaria do prédio, pois iria fazer a comida. Assim o fizemos; e não houve uma só pessoa que não nos tenha observado, fazendo comentários em cochichos. Permanecemos observando a movimentação. Em dado momento, avistamos um grupo de crianças da minha faixa etária; todas estavam fantasiadas de índio, com tanga, penas nas cabeças, pinturas feitas com mercúrio e flechas pontiagudas de bambu. Não deu outra! Aproximaram-se de nós dois, começaram a nos hostilizar e a debochar de nossos tamancos. Iam e vinham, espetando-nos com as flechas. Afastavam-se e debochavam. Entre as idas e vindas, meu sangue esquentou, e a fúria de escorpiano, aliado ao sangue calabrês, já não me continha. Meu irmãozinho olhava-me preocupado, pois pressentia minha reação, já expressada em outras ocasiões. Por isso, as consequências poderiam ser imprevisíveis. Ele era de nossa responsabilidade, e a proteção que lhe dávamos era semelhante à de um animal com os filhotes. Disfarçadamente, tirei os tamancos; um dos meninos aproximou-se e não teve sorte: peguei os dois tamancos, um em cada mão; com uma fúria inexplicável, e desferi uma tamancada com toda a força no quengo do garoto. Que pancada! Que pancada! Pegou em cheio! Na mesma hora, o galo roxo cresceu, e um fio sangue correu pela cabeça. Ele abaixou-se, gritando e chorando. Ferozmente, parti para cima dos outros que estavam perplexos e atônitos com minha grotesca atitude. Era o fator surpresa; e o medo da minha reação fez com que todos debandassem.

Eis o meu cartão de visitas; no primeiro dia, o primeiro problema. À noite, os pais do garoto machucado foram conversar com minha avó e reclamaram da minha atitude animalesca, mas eu já tinha preparado o terreno. Embora ela fosse casca grossa, lembro-me de que ouviu os argumentos daqueles pais e explicou o porquê da minha atitude, talvez pelos recentes acontecimentos pelos quais havíamos passado. E a história deu em nada. Nos dias que se seguiram, os comentários não eram outros, a não ser dos novos moradores e de suas ações.

De manhã e à tarde, eu sempre comprava pão na padaria e via que me olhavam com um misto de bronca e respeito. Não me incomodava; pelo contrário, sentia orgulho de ter agido daquela forma. Aquelas crianças ainda não estavam no meu nível de moleque de rua; teriam de se esforçar muito para isso.

A VINGANÇA

— Mas, Capitão, as mangas...

Lembrei-me de uma missão especial nossa, de furto de frutas.

Ângelo e eu tínhamos experiência e muita bagagem para cumpri-la. O Capitão era bravo; dava tiro de sal e impunha respeito e medo. Mas quantas operações daquelas tínhamos executado! Havíamos pego batata-doce e aipim na fábrica de ampolas; goiabas na casa do Wilson Cabeça de Rolinha (que também causava terror); amendoim na primeira fábrica de japoneses (que delícia, torradinho e crocante!) ... E muitas outras, estavam a nosso favor em termos de experiência.

Contávamos com a inteligência privilegiada do meu irmão que, por força da natureza, nasceu cego de um dos olhos; porém, Deus compensou-o. Eu não era bobo e possuía a agilidade incrível de um gato e subia em árvores com a destreza de macaco. Gostava também de me exibir nas árvores, pulando de galho e galho. Tinha um prazer enorme em escalar lugares bem altos, como telhados, morros, árvores grandes... adorava desafio. Os mais adultos estimulavam e até me propunham uma quantia em dinheiro para subir em lugares de difícil acesso. No conjunto habitacional, alguns moradores pediam para eu escalar e chegar a seus apartamentos, quando esqueciam as chaves.

Então, voltemos à ação de roubo de mangas. Observamos, durante alguns dias, a rotina do Capitão. Sabíamos que, em certo dia da semana, ele saía para fazer algo desconhecido por todos. E aproveitaríamos essa oportunidade. Levamos três bolsas e um barbante grosso, que utilizamos como corda; após darmos várias voltas nele, media uns dez metros. Vestimos os uniformes de colégio e fomos para a aula.

O dia estava nublado, instável; se chovesse, melhor seria. Nunca o Capitão iria imaginar que, naquele horário, que muitos saíam e entravam nos colégios, alguém roubaria suas mangas. Ângelo ficou embaixo, de sentinela; e eu, nas árvores. Assim, pegava as melhores, colocava na bolsa e, quando a enchia, descia pelo barbante/corda. Meu irmão amarrava-o para o lado de fora do muro. Peguei quatro qualidades de mangas: espada, espadinha, carlotinha e coração-de-boi. Enchemos as bolsas e saímos, carregando-as em triunfo. Dávamos muitas risadas pelo sucesso da operação.

Os cachorros do Capitão ficaram presos na casa, pois, em dia de dar banho, ele não os soltava. Acho que os bichos ficaram roucos de tanto latir! Não importava; tínhamos vencido o Capitão, e nossos atuais colegas estavam vingados. Ao chegar à esquina com aquelas bolsas, já havia vários deles conversando, como era costume naquele horário. Colocamos as sacas diante deles e falamos:

— Sirvam-se; essas maravilhas são as do Capitão!

— Do capitão?! — surpreenderam-se.

A euforia logo tomou conta; não sabíamos a quem responder primeiro! Curiosos, queriam saber detalhes da operação. Como heróis, respondemos a cada pergunta e comemos várias delas juntos. Que sabor! Eram diferentes mesmo; ademais, havia o gosto pela satisfação da grande vitória. Diziam, naquela época, que a fruta do vizinho tinha um paladar diferente, sendo muito, muito melhor.

Nos dias subsequentes, nossa fama correu por todo o conjunto e pelas adjacências. De uma vez por todas, fomos bem-aceitos em todos os clãs existentes pela área. Obtivemos o privilégio de ser recebidos sempre com muito carinho e respeito em todas as ruas. E existia um pouco de inveja e desavenças com o pessoal da Rua C, que se gabava de ser o centro de todos os modismos. Na verdade, os residentes de lá se intitulavam "A Ipanema do conjunto", por ser essa a rua com maior número de edifícios, o dobro das demais. A quantidade de moradores também era muito maior e, consequentemente, de crianças, jovens, adolescentes e adultos.

Em nosso conjunto de edifício, havia uma característica pitoresca e engraçada. Enquanto os rapazes atinham-se com brincadeiras nas ruas, as moças, aquelas já na adolescência, davam voltas nas ruas. Claro que isso acontecia muito mais na Rua C, em função da quantidade maior de pessoas. As moças daquela época podiam, por imposição da própria sociedade machista, participar de poucos eventos de brincadeiras e esportes. As mães tinham muita preocupação em mantê-las recatadas, a fim de se evitarem comentários maledicentes. Algumas, porém, rebelavam-se, para deleite dos rapazes; então, as paqueras surgiam, e os namoros também.

Aquele mundo, embora de dimensão geográfica pequena, não era tão pequeno assim... Todos vivíamos felizes. Se perguntasse a alguém se queria sair de lá, a resposta era um não com paixão e veemência.

GRANDES FESTAS

A seriedade e a entrega apaixonada com que toda aquela gente se dedicava às festas folclóricas tradicionais era de emocionar! Sem explicação.

A Semana Santa era levada muito a sério. Aliás, a Igreja Católica exercia poder preponderante, e a formação educacional familiar sofria uma influência poderosa da Igreja. Na verdade, isso dava certo. Os grupos de crianças, jovens e adultos tinham atividades constantes e sadias, como ir à missa aos domingos (esse costume era sagrado).

Minha família possuía uma base muito sólida, católica, e, por isso, todos se adaptaram com facilidade à nova paróquia. A Sexta-feira Santa era guardada com bastante respeito, com sentimento de luto. Alguns exageravam com crendices e hábitos despropositados. O Sábado de Aleluia era sempre um problema, pois os judas eram malhados, sem distinção de sexo. Eram postos, na calada da noite, com mistério e sigilo e testamentos imensos. Realmente havia abuso e exagero! Os fofoqueiros ficavam apreensivos. Os furadores de bola da garotada, nem se fala! E os que haviam traído seus parceiros?

De manhã, muito cedo, a confusão estava formada: inconformismo, bate-boca, murmúrios e xingação. Sempre virava caso de polícia. Difícil era malhar o judas. De acordo com a tradição da época, ao meio-dia, ateava-se fogo nos bonecos, e a garotada com paus batia neles, fazendo algazarra. Os judas eram arrancados dos postes antes, com a ira dos eleitos e, às vezes, com ajuda da polícia. Era fofoca e bagunça para dar e vender; e também rir, rir muito.

Não saberia dizer, com certeza, de qual festa eu mais gostava. O Carnaval, como já descrevi, era tudo aquilo. Mas as festas juninas também eram demais! Do meado de abril em diante, os comentários eram exclusivamente sobre elas. Formava-se uma movimentação muito grande; faziam-se reuniões para arrecadações e patrocínios quase diariamente. Talvez, por obra e graça do Divino, os moradores dali fossem escolhidos a dedo. E Dona Celsa, pernambucana de Recife, levou para lá todo o seu aprendizado e os detalhes dos ricos festejos. Pois, no Norte e no Nordeste, as festas juninas são arretadas mesmo!

O ponto alto eram as quadrilhas sem dúvida, tanto a infantil como a adulta. A disputa para dançar causava muitos transtornos e discussões. Para se chegar a um número final de participantes, passávamos por um verdadeiro Deus nos acuda. O processo seletivo levava em consideração diversos aspectos, como altura, faixa etária, características físicas (beleza, feiura), habilidade física (dançar bem e empolgado...) e outros.

No início de maio, os ensaios começavam. E esse momento era o mais esperado! Cada dia de ensaio tinha uma história, e seus comentários iam até o seguinte, superando a ansiedade do próximo. Embora houvesse seriedade para fazer o melhor possível nas apresentações, os ensaios eram um misto de risadas, palhaçadas (as mais variadas e criativas), namoro, paquera e muita, muita sacanagem; tudo bem sadio, é claro. Os pares formavam-se de maneira que alguns obtinham privilégios e escolhiam as garotas mais bonitas. Infelizmente isso sempre existiu. Outras batiam o pé e diziam: "Com esse, não!". Havia pessoas que davam preferência, claro, aos mais bonitos; e outras, àqueles que sabiam dançar muito bem, pois representaria status. Para umas, os que faziam mais palhaçadas ou os engraçadinhos eram os melhores. E aqueles casais, que antes paqueravam, viam, nos ensaios, a oportunidade para consolidarem o namoro. No fim, tudo se encaixava de maneira exemplar. Então, embora aguardássemos com ansiedade a festa maior, torcíamos para que a época dos ensaios nunca terminasse.

"Allavantu!" E o coro respondia, rimando: "Olha o túnel!". Nessa hora, os cavalheiros faziam questão de entrar na frente das damas. A dedada era inevitável. Volta e meia, os ensaios eram interrompidos, por algum comportamento indevido e inconveniente. Os bate-bocas costumeiros aconteciam, principalmente entre as meninas e Geralda.

MÊS DE JUNHO

No dia treze de junho, os festejos começavam bem cedinho no Educandário Santo Antonio. D. Alzira iniciava a festa distribuindo pãezinhos, e os fogos anunciavam a alvorada. Durante todo o dia, a quermesse tomava conta, com barracas típicas e tudo a que tínhamos direito. Afinal, o respeito e a admiração que os moradores tinham por ela era de impressionar! Também, pudera! Era uma mulher altruísta, de uma bondade extrema, sempre pronta à caridade. Ajudava não só as crianças pobres do seu educandário, como também as que enfrentavam dificuldade no aprendizado escolar. Com certeza, D. Alzira é um desses anjos que vagam pelo mundo, ajudando-nos nas vicissitudes. Por tudo isso, os moradores do conjunto habitacional entregavam-se à festa. Não precisava chamar; estávamos sempre prontos a servi-la no que fosse necessário.

Costumávamos enfeitar toda a rua. Armávamos as barraquinhas, o palanque; enfim, tudo para o esplendor da festa. Ali acontecia a primeira apresentação das quadrilhas, e a avaliação final de todo o período de ensaios. O resultado era sempre o melhor possível, pois a alegria e a motivação com que dançávamos não permitiam outro resultado.

Daquele dia em diante, até a primeira semana de julho, raros eram os dias em que a quadrilha não se apresentava em festas, ou em disputas valendo troféus. Como era gostoso! Nunca sentíamos cansaço; ao contrário, a vitalidade aumentava. Era uma euforia desenfreada.

O ano de 1962 foi mágico e muito especial. Concomitante às festas juninas, a Copa do Mundo desenrolava-se, e o Brasil participava com a maravilhosa Seleção Brasileira de Pelé, Garrincha, Amarildo e outros magos. A euforia explodia a cada jogo ganho e a cada avanço do time. Lembro-me bem do jogo Brasil X Espanha. Perdíamos de 1 x 0, e o

Brasil empatou. No finalzinho, Amarildo desempatou, e vencemos a semifinal. A explosão de delírio e de alegria nem os mais extraordinários autores poderiam descrever! Fogos; muitos fogos com uma intensidade que pensávamos não se extinguir. O céu encheu-se de milhares de balões, de várias espécies. Em plenas festas juninas, os blocos formaram-se e vararam a madrugada. Sabíamos, já naquele momento, que o bi seria nosso.

Enfim, chegou o grande dia da festa, e aquela não era uma qualquer! Considerada o glamour das redondezas, todos a esperavam com ansiedade. Os preparativos tinham começado há muito tempo, pois era bem organizada.

Comidas e bebidas eram distribuídas gratuitamente, numa quantidade de se espantar! Como podia se distribuir tanto e para tanta gente?! Isso impressionava. E dava tudo certo; talvez em razão de as pessoas prezarem mais a educação e a solidariedade...

As barracas dos pontos mais estratégicos eram destinadas à igreja e a casas de caridade; e todas eram dedicadamente enfeitadas. A decoração da rua organizava-se muito bem, sem fugir às características e tradições daqueles ricos festejos, para que o tradicional não se perdesse com o tempo. Assim, havia bandeirinhas, balões, fogueira, lanternas, bambus, folhas de bananeiras...

A quantidade de moradores que se dedicava a enfeitar o local emocionava e enchia de orgulho. A cada ano, superávamos o anterior. Pintávamos as árvores, o meio-fio de ambos os lados e colocávamos as luzes. A decoração final era extremamente aguardada. Quando tudo estava pronto, abraçávamo-nos de felicidade, já ao entardecer, quase na hora do início da festa.

O começo era anunciado com um cortejo imenso, simulando um casamento caipira, com todos vestidos a caráter. As moças davam o toque especial; vestiam-se com caipiras rendadas e esforçavam-se para se apresentarem melhor que na festa passada. Ou seja, via-se a velha disputa feminina. Os rapazes também se esforçavam para fazerem o melhor e não faltavam caipiras originalíssimos e engraçados.

Quem ganhava com tudo isso eram os que assistiam à festa e seguiam o cortejo de longe. Uma carroça com dois burros puxava a brincadeira; e a pedíamos emprestado à empresa coletora de lixo do município. É; naquela época, o lixo era transportado em carroça puxado a burro!

O noivo e a noiva iam juntinhos, fazendo mil palhaçadas. Escolhiam-se sempre os mais palhaços para esses papéis. O cortejo dava uma volta imensa pela redondeza, assemelhando-se às propagandas de circos e parques de diversões que chegavam à localidade. Quando retornava, o casamento desenrolava-se efetivamente, com bastante palhaçada. O texto falado pelos envolvidos era bem preparado e dava o toque hilário.

Assim, a festa iniciava muito animada, sempre com uma banda marcial convidada, que tocava músicas típicas juninas. Enquanto se apresentava, as brincadeiras da criançada aconteciam: corrida de saco, ovo na colher, cobra-cega, pau-de-sebo e outras. Tudo isso para atrair convidados. Dali em diante, conjuntos folclóricos alternavam-se; os animadores, em palanques, davam a graça e anunciavam as atrações. Tudo obedecia a uma organização impecável, com uma cronologia cuidadosamente cuidada.

Havia também quadrilhas convidadas. Em cada lugar, em cada espaço, havia uma atração. As barracas enfeitadas ficavam lotadas. Infelizmente, naquela época, não se tinha consciência do perigo de soltar balões, e eles subiam aos montes, sempre com shows de foguetórios. A imensa fogueira queimava e era alimentada sempre, para que durasse até o fim do evento. O cheiro de churrasco, quentão, canjica e milho cozido feito nas barracas, além da batata-doce e do aipim na fogueira, misturava-se ao cenário, constantemente invadido pelos fogos de artifício, e ajudava a formar o conjunto da tradicional festa.

Como sempre, o ponto alto e mais esperado era a quadrilha dos adultos. Todos os anos, eles esforçavam-se em criar uma nova atração, sem fugir do tradicional. E, quando entravam, os convidados acotovelavam-se e espremiam-se, em busca do melhor lugar.

Participavam todos, cantando e batendo palmas ao ritmo das músicas. Que lindo! Era maravilhoso! Ao som de um forró clássico, o coro comia. A sanfona rasgava as notas com euforia e a energia dos demais componentes do conjunto. Os mais palhaços arrancavam risos e muitos aplausos. As meninas-moça bailavam entusiasticamente, segurando as barras das saias com muita graça e sensualidade. Com arrojo, davam o máximo que podiam. Ah, aqueles momentos... Aqueles momentos! Que saudade! Bens naturais que se perderam no passado... Ah, se o tempo ali parasse! Belos tempos; belos dias!

A festa de 1962 tivera um brilhantismo maior, porque o Brasil tornou-se bicampeão mundial no mesmo dia. Como descrever tanta emoção?

AS PELADAS

Como não era privilégio só daquele lugar, o futebol era o esporte que mais se praticava. Peladas eram jogadas em qualquer canto, e a toda a hora. Por vezes, em lugares com dimensões mínimas e solo impróprio. Calçadas, ruas de paralelepípedos, terrenos esburacados e cheios de pedrinhas eram palcos de jogos. Pedaços e unhas de dedos dos pés raramente não eram arrancados. Quebrar braços e dedo dos pés, sempre. Brincadeira! Arranhões eram fichinhas. Só se jogava descalço. Quem tinha dinheiro para comprar tênis? As solas dos pés assemelhavam-se a casco de cavalos.

A conquista do bicampeonato brasileiro contribuíra para que a prática do futebol se tornasse uma febre ainda maior. Tinham muitos dos chamados campos de várzea, em toda a Zona Norte, nos subúrbios e na Zona Oeste do Rio.

Bem próximos ao nosso conjunto habitacional, havia três deles. Os times que os usavam eram bem organizados nas comunidades. A rixa e a rivalidade existentes acirravam confrontos locais e adjacentes. Não era mole! Os jogadores atuavam sem proteção alguma.

Referíamo-nos à bola chamando-a de pneu; e costumava ser feita de um coro duro. Por isso, pesava muito. Quando molhada, quase não se conseguia erguê-la do chão. E as de borracha? Quicavam muito e era difícil controlá-las. Onde batia no corpo, ficava aquela marca vermelha, com os desenhos. E como aquilo ardia! Tinha que se fazer muita força para chutar. E, por incrível que pareça, havia chutadores que batiam bem forte. E, se batessem na cabeça, na barriga ou numa barreira? Era uma dor terrível. As chuteiras, de um couro grosso, tinham travas de couro, presas com pregos. Não raro, o prego varava a sola e, após os jogos, as meias estavam furadas, e os pés também.

Os campos só tinham grama; nas laterais e quase sempre altas, quando chovia. Era duro demais. Além disso, por vezes, o encharco lamacento tornava o controle da bola dificílimo.

Os juízes quase sempre eram escolhidos à beira do campo. Quase nunca se tinha respeito por eles, pois o time da casa levava sempre vantagem. E o juiz da casa, normalmente, era tirado à base de pancadaria. Então, entrava outro, e o esquema repetia-se. Ou você encarava tudo isso, ou iria praticar outro esporte. Na verdade, era necessário ser macho, para aceitar apanhar, bater... afinal, boleiro é boleiro.

Meu irmão Ângelo e eu tínhamos o hábito de jogar bola todo o dia no Engenho Novo. Mas, é claro, Ângelo atuava em faixa etária acima da minha. E, quando chegamos a Quintino, não estranhamos muito; logo nos misturamos a outros peladeiros. E os jogos fizeram parte também da nossa rotina.

Ângelo jogava muito bem, tinha muita técnica, disposição e era raçudo. Parecíamos bastante e desenvolvemos uma técnica muito mais apurada de marcação; talvez por nossas origens. Sempre tivemos fôlego privilegiado, e diziam: "Enquanto nós corremos, eles voam. No futuro, quando a gente só andar, eles vão correr!".

Muito comum eram os ídolos que se criavam nas redondezas. Quem jogava bem ganhava fama e era o centro dos comentários entre os praticantes, o que dava ao jogador elogiado o gozo de alguns privilégios. Era gostoso você passar e alguém cochichar: "Aquele joga muito!"; e seguiam comentários e jogadas feitas. Quem conta um conto aumenta um ponto; e sempre aumentavam ou inventavam episódios irreais.

Existiam ídolos do infantil ao adulto. Ali, na nossa faixa etária, dois amigos, conhecidos de imediato com nossa transferência para Quintino, gozavam desse privilégio de serem os melhores. Um deles era o Té, muito inteligente, técnico e rápido. Chutava bem de perna esquerda ou direita, sendo muito preciso nas finalizações. E falava a língua do T, o famoso tatibitate. O outro era o Lé, jogador de incrível habilidade, um malabarista da bola que, além de tudo, era palhaço e debochado. Cá para nós, sabia tudo. Seu maior prazer era chutar a bola na trave; segundo ele, por ser mais emocionante e prazeroso. Vão entender! E quantas broncas demos nele, quando chutava a bola assim, propositadamente, para debochar dos adversários.

Esses ídolos de bairros eram reverenciados como Pelé e Coutinho, pelas tabelinhas que faziam. Depois de tantas peladas jogadas, fossem elas contra ou a favor, resolvemos formar um time, no esquema de futebol society. Os pequenos campos só podiam funcionar com cinco jogadores na linha e o goleiro. Fizemos um quadrado perfeito, desses que surgem sabe-se lá quando. Os goleiros revezavam-se, e todos eram muito bons. Charles era o preferido, mas uma operação no pé afastou-o por muito tempo do campo. Ângelo jogava atrás; eu, no meio, de volante; Té e Lé, na frente. Sempre havia mais um, que escolhíamos para completar o time. Em geral, Tuninho era que mais nos agradava. Tinha uma habilidade na canhota de causar inveja! Porém, o que o atrapalhava um pouco era sua estrutura física: um pouco gordinho, cansava- se com facilidade. Por isso, revezava-se com outros. Por certo, quem entrasse não faria muita diferença.

Todos queriam nos vencer. E o resultado era o mesmo: perdíamos nunca! Jogávamos dentro e fora, onde nos convidassem. Quando estávamos ganhando por uma margem segura de gols, começava o show: a bola de pé em pé, com uma rapidez impressionante! Não guardávamos posição e girávamos como um carrossel. Só se diz por aí que a Seleção holandesa inventou o carrossel, porque não nos conheceram. Isso não é história da carochinha, não. Quem viu nossos jogos lembra-se bem disso.

Um belo dia, apareceu um sujeito pelas nossas bandas. Havia visto um dos nossos jogos e observou o encantamento que causávamos nos torcedores, que não eram poucos. A maioria do público era de adultos, senhores e jogadores dos times locais. Ao findar o jogo, dirigiu-se a mim e disse que conhecia um time espetacular de garotos da nossa faixa; se jogássemos contra eles, perderíamos de goleada, pois, a outra equipe contava com fulano, filho do tal, filho daquele... Ou melhor, jogadores profissionais.

Na verdade, o homem era o técnico de um time adversário de Madureira, um bairro vizinho, e ouvira comentários sobre os encantos do nosso time. Com essa atitude, aguçou nossa curiosidade, porque todos sempre diziam que não perderíamos para ninguém. Assim, ele propôs uma aposta em dinheiro e impôs condições. Teríamos de jogar no campo deles. Mas, dinheiro? Tirar de onde? Na mesma hora, surgiram vários adultos torcedores, que se propuseram a aceitar as apostas. Não foi pouco dinheiro, não! Naquele lugar, o vício de jogos a dinheiro era comum e intenso. Apostava-se em tudo: bicho, corrida de cavalos, pôquer, ronda, montinho inglês e muito mais.

Com tudo acertado, chegou-se ao esperado dia, numa manhã de domingo. Fazia tempo bonito, com muito sol e brisa agradável. Não tivemos muito calor, o que deixava o clima próprio para se jogar futebol. O que vimos nos impressionou. O campo estava lotado, com uma gritaria alucinante; parecia um bando de animais querendo nos devorar. Sofremos hostilidades mil. Havia uma energia eletrizante, e os adversários e seus torcedores queriam nos assustar. Perguntei a mim mesmo: "Será que eles dormiram esta noite?".

A propaganda do jogo tinha corrido pelo boca-a-boca; daí a partida ter se transformado em evento. E os adversários queriam ganhar no grito! Certa hora, fui pegar a bola perto do alambrado, antes do começo do jogo, e jogaram terra no meu olho. Sentia-se o clima de final de Copa do Mundo. Também hostilizavam meu irmão por ser cego, xingando-lhe vários apelidos. Aquilo me deixou louco, assim como o Ângelo; e nosso sangue subiu. Chamamos Té e Lé; este último era o mais hábil, porém o mais medroso. Quase espumando de ódio, dissemos aos dois companheiros de time: "Vamos ganhar desses cornos e dar uma goleada inesquecível. Façam o que têm de fazer lá na frente e deixem que garantimos aqui atrás.".

Lé sabia que podia contar com nossa garantia e encheu-se de coragem. O juiz deu a saída, e os adversários partiram para cima de nós. Que azar o deles! Nós estávamos possuídos por uma poderosa energia, num dia muito iluminado. Ângelo e eu, além de jogarmos bem, demos muita pancada. Os dois na frente estavam endiabrados, e era gol de tudo que é jeito. Lençol, caneta, escorrega no quiabo, canoa, letra; um repertório bárbaro. Dava até pena do outro time. Mantivemos aquela característica e começamos a girar e a tocar a bola em velocidade. O resultado final foi incrível: 8 x 0! Teve direito a chocolate e muito deboche do Lé. Alias, ele, no último lance, driblou o goleiro; e, ao invés de fazer o gol, deu um chute forte no pé da trave. O pau espatifou-se no campo e estendeu-se para algumas partes da arquibancada. Depois disso, quase tivemos de sair escoltados. O pessoal que acompanhou nosso time teve envolvimento em diversos pequenos conflitos. Os apostadores fizeram a festa; pra nós, houve lucro, pois ganhamos um dinheiro que nunca tínhamos visto.

Fizemos muitos jogos, em outras grandes atuações, enfrentando desafios mil. A inveja aumentava nossa autoconfiança; e ela era tanta que, na nossa cabeça, a palavra derrota não existia. E não há exagero nisso! Éramos quase imbatíveis. Assim era o time chamado — "Imbatível". Dessa forma, começamos uma bela trajetória de peladeiros vencedores.

OUTRAS FESTAS

Fatos marcantes devem ser mencionados; e os dias que antecediam a festa de São Cosme e São Damião é um deles. Essa comemoração começava com três semanas de antecedência, com a correria atrás dos cartões a serem trocados por sacos de doces. Eles eram disputadíssimos! O empurra-empurra e a dificuldade para conseguir um era luta titânica.

Porém, também havia o deboche em relação às meninas, quando fingíamos pegar um cartão. Era uma jogada ensaiada: abríamos um pequeno espaço para elas ficarem bem no meio, de modo que não dava nem para chegar próximo de quem estava entregando os cartões, tampouco para sair. A barreira era forte. Parecia uma sanfona, para frente e para trás. Assim nos alternávamos na vez.

Muitas casas distribuíam doces e brinquedos, jogavam dinheiro--avanço e faziam grandes banquetes de doces. A oferta era maior que a procura; porém, existiam as guloseimas coroadas de casas tradicionais, que tinham fama de melhores. Por elas, a disputa era para leão.

Não existiam doces industriais; eram todos caseiros, e os sacos vinham abarrotados. O carinho com que eram feitos e suas variedades impressionavam. E havia disputa manifestada por frases, como "A cocada da D. Fulana é a melhor.". E eram cocadas diversas: branca, preta, morena, mole, dura. E mais doce de abóbora da outra, Maria-mole, queijadinha, manjar, balas caseiras de diversas espécies; enfim, uma infinidade de doces maravilhosos! E comíamos à vontade, e não se passava mal.

Havia correria e diversão. Tantas e tantas ao mesmo tempo; parecia que o dia terminava mais rápido que os normais. Pegar um saco de doce da baiana era um rico troféu, para se falar durante o ano todo.

Quando findava a satisfação e o orgulho de pegar os saquinhos, vinha a hora do dinheiro-avanço. A quantidade com que enchíamos as bacias deixava-nos numa euforia a ponto de o cansaço não nos abater. Não era só ali, no subúrbio, que a festa acontecia. Via-se o mesmo na Zona Norte e na Oeste, na Baixada... Tudo acontecia dessa maneira. Abrilhantava-se o show colorido da vida que levávamos.

Esses eram prazeres de adolescentes bobões. Que gostoso era!

OS APELIDOS

As comunidades formavam pequenos lugarejos na Zona Norte, nos subúrbios e nas adjacências, assemelhados a cidadezinhas de interior. Talvez, hoje, ainda as conservem. Todas tinham uma característica interessante. Cada um, com raríssimas exceções, possuía apelido, dos mais estranhos aos inusitados. Alguns eram escolhidos pela fisionomia do sujeito. Outros, por causa de uma história vivida; uns, por semelhanças a animais ou seres extraterrestres. E quase todos ficavam reconhecidos só pelos apelidos.

Existem amigos meus de infância de quem, até hoje, não sei seus verdadeiros nomes! Geralmente, os personagens mais marcantes e de maior fama eram apelidados de forma contundente. Penico, Cacuda e Sem Calça eram irmãos. Se as pessoas os olhassem bem, descobririam o porquê dos codinomes. Eles eram feios de dar dó! O Penico Cagado tinha cara oval, orelhas grandes que mais pareciam alças, nariz, boca e cabeça grande, achatada em cima. Não tinha jeito; o apelido conferia com a realidade! Cacuda era um bicheiro baixinho, metido a malandro, mas era medroso. Se alguém gritasse "Polícia!", ele corria sem parar, até a exaustão. E a pobre da Sem Calça, coitadinha, era boazinha e prestativa, mas feia, feia, que dava dó. Um dia, alguém a viu sem calça, e o apelido pegou. Ela era muito pobre. Quando a chamavam pelo apelido, aborrecia-se de verdade e jogava uma pedra. Certa vez, mandaram-na comprar "Novalgina" na farmácia. Ela voltou sem o remédio, dizendo que lá não vendia na vagina.

Tinha o Zarazilha, muito engraçado e meio doido. Ele falava na língua do Z; assim, Chico virava Zico. Seu irmão

— Babão, baba de quiabo — babava em tudo, principalmente, quando falava rapidamente e estava comendo. Arigatô e Chibaraia eram primos e lutavam judô. E os nomes eram estilizações de algo ligado à cultura oriental.

O Muja Vaca era um portuguesão todo gordo, forte e abrutalhado. Pisava pesado, e tudo que perguntavam a ele respondia: "Huhumm, mummmm." Talvez o fizesse por pura timidez ou pensamento lento. O Xexeo, minha nossa! Ele fedia a suor. Virava numa esquina e, se o vento estivesse a favor, o cheiro anunciava sua presença de longe. Gostava de jogar futebol e até era bom. Com ele, surgiu uma expressão: "Depois de uma bela jogada, uma tremenda cagada". Ele empolgava-se com a jogada e, depois, bem, os marcadores ficavam longe dele. Se encostassem, o cheiro azedo impregnava a pele. E para sair, custava. Que cheiro horrível era aquele?! Nunca vi outro igual! Naqueles tempos, a indústria cosmética não tinha descoberto a solução para os maus odores. Bom, apesar de tudo, nós o amávamos, pois era um sujeito legal e bom amigo.

Rojão era um gay negro, magro, pobre e serelepe. O porquê do apelido? Sua preferência homossexual talvez explicasse. Havia ainda o Diabo da Ponte, um negro muito alto e de físico forte, característico da raça. Ele impressionava. Usava sempre um chapéu sebento e, quase sempre, as mesmas roupas sujas. Sua imagem era digna de reportagens. Destacava-se se estivesse no meio de uma multidão, pois tinha um brilho natural no rosto e um olhar amedrontador. Andava sempre descalço. Seus pés tinham dedos e unhas muito grandes. A sola do pé parecia um casco de burro. Não encarava ninguém e raramente falava. Por ser assim, causava pânico às crianças. Ele andava sempre puxando sua carroça, o carrinho afamado de "Burro sem Rabo". E ele odiava seu apelido. Quando o gritavam, partia com toda a ferocidade pra cima; caso conseguisse pegar alguém, as consequências eram imprevisíveis.

Certo dia, eu e Té havíamos saído da escola pública. Nesse ínterim, avistamos Diabo da Ponte caminhando em sentido contrário ao nosso. Meu amigo sabia que eu não resistia a uma brincadeira e fez um apelo: "Chico, fica na tua!". Mas, quando o homem passou próximo, não resisti e gritei seu apelido. Ele correu para cima de nós, enfurecido, xingando muito. Meu Deus, como corremos! Eu ia mais à frente e Té, um pouco mais atrás. Diabo da Ponte tirou um canivete grande da cinta e arremessou nas costas de Té; mas, felizmente, não o atingiu. Quando entramos no conjunto correndo, ele desistiu de nos perseguir. Nunca vou esquecer o amarelão da cara do meu amigo. Como tremíamos! Muitos outros incidentes aconteceram com esse personagem, inclusive conosco. Alguns meninos ele conseguia pegar e dava surra de chicote.

Piscina na Favela era um sujeito de uma feiura assombrosa, porém seus olhos eram de cor linda, azul-clara, muito brilhante. Tão expressivos eram seus olhos que jamais poderiam fazer parte do contexto daquele rosto. Por seu conjunto físico, ele mais parecia uma linda piscina construída numa favela.

A fulana era Galinha. A beltrana, Trepadeira. João Banana era brancão e tinha o rosto pintadinho; igualzinho a uma banana d'água. Nosso Touro de Bronze era touro, não por ser alto, forte e de uma cor de mulato brilhante; mas, sim, por ser corno. Ah, o Seu Alce... Enganaram-me, de início, dizendo que aquele era seu nome verdadeiro. Quando o chamei assim, levei um tremendo fora. Seu Alce era, na verdade, o codinome do sujeito, porque, segundo as más-línguas, além de enganado pela mulher, era bicha.

Nei Garfo foi considerado um dos maiores jogadores de Quintino; tinha as pernas arcadas, que mais pareciam garfo de dois dentes. Neném Boca de Velha tinha dentes, porém parecia não os ter, pois o lábio superior era enrugado. Fonfom tinha lábio leporino e falava buzinando. Bochota tinha uma boca que mais parecia uma... Bom, a rima é proibida. Burro de Cigano era um homem que andava todo enfeitado; usava pulseiras, cordão de ouro, dente de ouro e outros apetrechos de mau gosto. Também gostava de usar um chapéu velho. Trombinha, quando começava a rir, colocava a mão cobrindo a boca e o nariz, para esconder a timidez. Por fazer isso, parecia ter uma tromba.

Contudo, o maior personagem do lugar ficou conhecido pelo apelido de China Maluco; era identificado unanimemente no conjunto e nas adjacências. Acreditamos que nenhum maluco conseguiu atingir seu estágio. O nome China era por ter uma leve característica asiática, pela cabeça redonda, cabelos muito lisos e olhos repuxados; porém sua genealogia, ao menos a que conhecemos, não tinha nada a ver com os orientais. Seu avô era doido. Alias, o pai também e, além de tudo, era papa-defuntos. Andava sempre com uma fita métrica no bolso e ficava medindo as pessoas sem autorização; bom, somente aquelas que julgava estarem mais próximas do Zé Maria. Desse belo conjunto de tipos nasceu o China; um maluco perfeito.

Ele morava no quarto andar de frente; passar embaixo de sua janela era uma grande aventura. Se a pessoa estivesse bem vestida para uma ocasião especial, um ovo poderia estourar em sua cabeça, ou uma banana, ou ainda uma laranja podre, um balde cheio de água, um jornal encharcado d'água... A loucura dele não tinha limites e, por vezes, era bastante criativa. É claro, segundo seus padrões. China, além das loucuras inconsequentes praticadas, e totalmente imprevisíveis, era também um louco palhaço. Uma verdadeira mistura de mambembe e pastelão. Temos certeza absoluta de que a expressão "Porra louca" foi atribuída ao China Maluco.

UMA GRANDE ARRUAÇA

Lembro-me de uma ocasião bem interessante. Com a proximidade das festividades de final de ano, a título de caridade, caravanas eram formadas com intuito de se levar um pouco de alegria a hospitais, presídios, creches e asilos. Aqueles que sabiam fazer serestas, cantar rock, MPB ou músicas da Jovem Guarda, os tocadores de instrumentos; enfim, todos que pudessem contribuir de alguma forma para esses eventos participavam de ensaios, e com a cara e a coragem, faziam o show.

Numa dessas vezes, a caravana foi convidada para fazer uma apresentação no hospital de doentes mentais, situado no Engenho de Dentro. Formou-se o grupo, e China Maluco pediu para ir também. A princípio, houve muita relutância dos organizadores em concordar com sua presença, por causa da fama que havia adquirido. Contudo, após muita discussão, argumentos e conselhos, concordaram com sua ida.

Durante o show, com a plateia lotada de doentes; todos vestiam seu uniforme, um macacão azul. Percebiam- se reações das mais variadas possíveis; e eles aplaudiam com entusiasmo as atrações. Chegou a vez, então, de nos apresentarmos. Tínhamos um conjunto de samba, com vocalista, surdo, cavaco, pandeiro, cuíca e reco-reco. Os músicos tocavam bem, e a cozinha acompanhava. Tocávamos; a plateia dançava e cantava. As pessoas acompanhavam-nos, ao modo delas.

Num dado momento, a alegria passou a uma euforia desenfreada. Os internos começaram a se levantar, gritar, fazer gestos obscenos, soltar palavrões. Achávamos que era o jeito de eles expressarem uma alegria maior, revelando toda a felicidade e o entusiasmo. Então, tocávamos com mais euforia. De repente, a situação saiu do controle; os doentes repetiam sempre o mesmo comportamento e queriam subir no palco. Trocamos olhares entre nós e perguntamo-nos o que estava acontecendo. Instintivamente, todos nós, ao mesmo tempo, viramos para trás e vimos China tirando as calças, já com a cueca arriada até o joelho. De costas para a plateia, com aquela bunda branca de fora, começou a dançar e a rebolar de um lado para o outro, freneticamente. Fazia uma dança parecida com a das havaianas, acompanhado por um Maria-vai-com-as-outras. Franwill, vulgo Pezão, doido e discípulo leal e ferrenho do mestre China, acompanhava-a na coreografia. O rapaz era esquelético e tinha uma bunda horrível, magra e toda espinhenta.

Obviamente, a brincadeira não prestou. Com a confusão generalizada, a festa perdeu o brilho e, imediatamente, foi interrompida pelos gritos estridentes do diretor do hospital. Por precaução, era melhor encerrar o evento. Acalmar os doentes foi muito difícil; o diretor queria a cabeça do China a qualquer preço e tentou até levá-lo à polícia. Soubemos que ele fugiu do hospital com as calças na mão e só o vimos à noite, no conjunto, com aquela cara cínica de sempre, de alguém que nada tinha feito.

Houve outro episódio também. China adorava goiabas. Próximo ao conjunto, tinha um terreno imenso com muitas goiabeiras de diversas espécies. Xexeo morava lá, numa espécie de casa de cômodos com diversas famílias, e eles exploravam as plantações. Quando chegava o tempo ideal de colher goiabas, época de verão, esperávamos cair os característicos temporais, porque abafava o barulho. E, assim, mesmo quando cortávamos a cana, o barulho do facão não era notado. Quando a chuva passava, as goiabeiras abarrotavam.

China reunia um grupo seletivo e experiente de pegadores de frutas no quintal dos vizinhos, mas o candidato ao grupo precisava ser malandro. Eu, Ângelo e Rui conhecíamos China muito bem, e ele respeitava-nos muito, tanto que nossa amizade permanece até hoje. Pular entre as goiabeiras não era para qualquer um; havia uma múltipla plantação com hortaliças, legumes, muita cana-de-açúcar, feijão... Se os proprietários nos pegassem, usariam para nos atacar foice, enxada, ancinho; o que estivesse à mão.

Nós pulávamos sempre próximos ao China, pois não tínhamos confiança nele. Sua reação era sempre imprevisível. E, daquela vez, não deu outra! Ele subiu, no máximo, em duas goiabeiras e pegou umas 20 goiabas, as mais graúdas e de interior vermelho. E desceu calmamente do segundo pé. Eu, Ângelo e Rui, muito atentos, permanecíamos próximos a ele. O doido viu que o restante do pessoal estava nas goiabeiras mais próximas da casa dos donos e gritou: "Pega ladrão! Pega ladrão!". Depois, correu para o muro, que dava numa ribanceira. Corremos juntos e fizemos o mesmo. Por isso, conseguimos nos safar. A outra parte do grupo passou um sufoco doido. Os donos e os empregados perseguiram os invasores; só víamos o canavial balançar e ouvíamos muita gritaria. Por sorte, o prejuízo foi pouco: um tomou um pescoção e caiu, mas conseguiu sair. O outro levou uma paulada na cabeça, mas pegou de leve, sem consequência grave.

China permaneceu lá fora, dando estrondosas gargalhadas e gritando do seu jeito de louco varrido. Esse era o China. Dizem que virou pastor de igreja. Deus que proteja seus seguidores!

A EXCELÊNCIA DA SOLIDARIEDADE

Morando naquele conjunto de edifício em Quintino, eu surpreendia-me pelo fato de nunca ter vivido num lugar assim, com muitas famílias reunidas, num espaço relativamente pequeno. E deslumbrei-me com os casos de tamanha solidariedade e de convivência pacífica de tantos grupos diferentes. O maior dos exemplos eram as festividades de final de ano.

No Natal, na noite de véspera, a maioria das famílias assistia à famosa Missa do Galo. Após a cerimônia, começava a festa. Todas as residências esforçavam-se para apresentarem a melhor e mais farta ceia possível; também se fazia questão de enfeitar a árvore de Natal de maneira mais espetacular, obedecendo, é claro, às posses de cada um. Mas não importavam as diferenças; elas sempre foram bastante respeitadas. A satisfação, o carinho e a alegria com que todos deixavam suas portas abertas revelavam a intenção de receberem os vizinhos. Era muito emocionante e contagiante.

A seguir, narro um exemplo extraordinário de confraternização. As músicas natalinas, os abraços e as conversas em voz alta davam um toque especialíssimo de muito respeito à noite santa. As pessoas ficavam chateadas se esse ou aquele não os visitassem. Era uma verdadeira maratona de comilanças e bebedeira. Geralmente, no dia seguinte, a gente acordava estragado de tanto comer e beber!

No Ano-Novo, o fato repetia-se, temperado pelas músicas de Carnaval. A passagem do ano acontecia com a tradicional queima de fogos. As reuniões comemorativas eram feitas nas calçadas da rua, com churrascos e outros quitutes. Tudo revelava alegria e tranquilidade. Às vezes, aparecia um bêbado, mas nada estragava a festa; quase sempre se tornava hilariante, servindo para comentários pós-comemoração.

E ninguém queria passar as festas longe dali; tudo de que precisávamos estava exatamente naquele conjunto de edifícios.

O GRANDE PERSONAGEM

Seis de janeiro de 1963; um belo dia de verão, com o céu estreladíssimo, muito agradável. O condomínio era abrilhantado pelas brincadeiras e acontecimentos característicos da época; não pensávamos que, nesse período, estava por nascer o verdadeiro personagem da história de "Um Time de Esquina".

Permaneciam acirradas as tradicionais reuniões de esquina, à noite, com discussões de futebol e muita conversa jogada fora. A esquina da Rua C era um pouco diferente das outras do conjunto. A conversa predominante, por ali, era futebol, e não só de times profissionais, mas também sobre os locais; às vezes, com comentários sobre escolas de samba. E, naquele dia, as gozações predominantes eram sobre uma equipe que se constituíra de forma inusitada.

O time tinha o sobrenome de uma menina, pois seu fundador era extremamente apaixonado por ela. Chaves

F.C. fora montado sem critério algum, apenas com o intuito de divertir. Formado com jogadores de peladas, seu nível era de médio para baixo, pois os participantes não estavam acostumados a jogar em campo oficial.

Os jogadores protagonizavam jogadas típicas dos chamados "bolas-murchas" e eram passíveis de muitas gozações, umas verdadeiras e outras inventadas. O time apanhava mais que fava de feijão seca! A equipe permaneceu invicta, sem uma vitória sequer!

Nessa fase, nosso maior incentivador e responsável pelo nascimento de nosso grande time ainda estava quieto e pensativo; ele não achava graça alguma naquelas gozações. Achamos estranho seu comportamento, pois normalmente era o que mais falava. Em dado momento, virou-se para nós e esbravejou: "Vamos fundar um time!" Durante as discussões, as faixas etárias misturavam-se; havia adolescentes e adultos e, por incrível que pareça, não enfrentávamos choque de gerações.

Paulino, o querido Paulo Velho, queria realizar o sonho de montar uma equipe de peso, e o conjunto tinha o produto principal: excelentes jogadores. Alguns se mostravam um pouco mais cascudos, atuando em times locais; e outros, mais jovens, não tinham tido oportunidade de mostra seu futebol.

O bairro de Quintino era afamado por ser um celeiro de craques, e alguns deles estavam fazendo sucesso na carreira profissional. Aquele velho entendia de futebol como ninguém; por isso, seus comentários na esquina eram ouvidos com muito respeito. Quando ele falava, todos o ouviam em absoluto silêncio. Ele falava com experiência e saber de quem dominava e enxergava o assunto com maestria e genialidade. Aquilo era um dom nato, sem contar o grande poder de liderança que exercia sobre todos.

Paulo Velho era sergipano, honestíssimo, rude, muito grosso, adepto do pragmatismo, mas avesso ao eufemismo. Essas eram características talvez adquiridas em uma infância extremamente pobre nos sertões. Perdera seus pais muito cedo, e a família veio para o Rio de Janeiro. Assim, Paulino tinha passado quase toda infância e adolescência num colégio interno, daqueles internatos administrados pelo governo, no qual a disciplina era conquistada à base de muita violência e castigos terríveis. Levou muita palmatória, ajoelhou em milho e sofreu assédio de instrutores nojentos. Tinha uma cultura limitada, mais para média.

Gostava de impor suas ideias e, quando contrariado, descontrolava-se e reagia com bastante rudeza e grossura. Não tinha papas na língua; falava de tal modo passional que, às vezes, ofendia as pessoas moralmente. Era raro ter alguém com quem não tivesse discutido, ou tido desavenças; ele ia ao norte e, na mesma velocidade, voltava ao sul. Por ser polêmico, despertava amor e ódio e colocava sua emoção sempre acima da razão. Porém, sua bipolaridade tornava-o, na maioria das vezes, um sujeito adorável e amado por todos nós.

Nossa sem-vergonhice para com ele, e dele para conosco, era tanta que nem ligávamos para seu gênio maluco. Nós o amávamos e o seguíamos. Era disciplinador e não suportava sujeito mau caráter e medroso; por isso, reprimia-os com veemência. Com os que ele gostava, era amável, agradável e não media esforços para nos afastar das situações que não prestavam, ou das pessoas que poderiam desvirtuar nossas vidas. Por essa proteção, tornava-se quase um pai e era o líder da rua. Em função disso tudo, somos muito gratos a ele por ter nos ajudado tanto em nossas formações.

Quem brigava com o Velho? Os carnes-de-pescoço iguais a ele, os dissimulados, os que gostavam de levar vantagem e os mal-educados. Eu e meus irmãos jamais tivemos qualquer problema com Paulino; a maneira com que o tratávamos sempre foi na base da brincadeira e com muito jogo de cintura, mesmo nas horas em que ele estava mais aborrecido. Velho Paulo tinha uma grande admiração e respeito por nossa família; talvez por nossa humildade, por sermos muito unidos e de fino trato. Ou, quem sabe, pela gentileza, respeito e carinho que tínhamos com todos, sem distinção. Na verdade, éramos admirados por todos por sempre estarmos prontos a servir, sem nos preocuparmos com compensações de retorno. Alguns jamais entenderam isso. A dura vida que levávamos, aliada às perdas valiosas e prematuras que sofremos, purificou-nos. Ao invés de revolta, isso aumentou nosso amor ao próximo.

Voltando à criação do time, depois de minha digressão sobre Paulino... Com a ideia formada, as discussões giraram em torno do nome. Que nome daríamos ao grupo? E quantas sugestões surgiram, e não se chegava a um consenso! Com aquela confusão indo para o lado da galhofa, o Velho tomou a palavra. Todos ficaram em silêncio. Disse que, um dia, tinha visto um time maravilhoso chamado Rubros; isso o tinha encantado, não só pela excelente equipe, mas também pelo uniforme todo vermelho. Então, alguém, talvez eu, ou sei lá quem, respondeu: "Tudo bem.". E todos, na mesma hora, concordaram. Mas o velho disse:

— Só Rubros, não! Que tal Onze Rubros?

A aprovação foi unânime; e, assim, deu-se o nascimento de um time de esquina iluminado, com obstinação e estigma de vencedor!

A seguir, surgiu a primeira dificuldade do grupo. Comprar o uniforme como? Só havia jogador duro; durindana mesmo! Tira um dali, puxa um daqui, pede emprestado... Um dos que nos ajudou, nessa etapa, foi Leonardo da Padaria. O homem era uma figura engraçada, uma mistura de português com paraibano, baixinho, tarracudinho e também muito invocado; era mais parecido com nordestino por causa da cabeça. Era o primeiro português flamenguista que se tinha notícia; e fanático ao extremo. A turma tinha prazer em provocá-lo, para vê-lo xingando e falando naquele português carregado. Toda pelada do morrinho começava e acabava na padaria do Leonardo, e quantas bolas foram parar dentro de sua loja! E algumas vidraças quebradas... O pão delicioso saía toda hora, sempre muito quente. Era uma variedade de cavacas, pão de coco... E, nas comemorações, havia muita cervejada. Na hora de ele colaborar, chiava muito; falava, falava, mas sempre acabava contribuindo. Leonardo da Padaria foi muito importante na fundação de nosso time e passou a ser também um torcedor fanático. O Velho e ele tinham uma boa amizade.

Pedimos também ao Arthur do Botequim, outro português; só que esse era característico: vascaíno, grandão e muito forte. Usava costeletas expressivas. Seu bar foi o ponto das cervejas comemorativas das vitórias do time. Seu Custódio, português da quitanda, também foi contribuinte; era um homem mais na dele.

Com toda essa movimentação e muita luta, conseguimos juntar uma boa quantia; até um pouco além das expectativas. Então, pudemos adquirir os uniformes. Os da época eram em algodão, e não existiam variedades, tanto de preço quanto de qualidade. Os trajes vendidos para os times de várzea eram os mesmos usados nas equipes profissionais e, se tivesse que colocar escudo, teria de mandar bordar a mão.

Decidimos comprar as camisas só com número às costas, todas com gola totalmente vermelha.

E os calções? Com a grana arrecadada, não dava mesmo para obtê-los. Surgiu a ideia, então, de comprarmos alguns metros de morim. Era um tecido frágil, muito barato e que se assemelhava aos sacos de farinha de trigo. E quem iria costurar era D. Laura, uma das senhoras mais doces e bondosas que conheci na vida. E foi rápido seu trabalho; ela confeccionou os calções todos brancos. Afinal, não existia morim de outra cor.

D. Laura tinha fama por ser uma extraordinária bordadeira, e sua confecção de fantasia para suas filhas, no Carnaval, dava show de bom gosto. Era contratada do Teatro Municipal do Rio e também das mais famosas escolas de samba da cidade. Sua família já estava muito envolvida com o surgimento do time e, mais tarde, o filho (Coka) veio a jogar no grupo. Uma das filhas de D. Laura, Vânia, era muito bonita e elegeu-se rainha do Onze Rubros. Naquela época, isso era uma prática comum.

Dona Laura e seu marido Ferreira proporcionavam grandes feijoadas em sua casa, e com frequência. O intuito era unir, cada vez mais, a rapaziada. Doce e bondosa senhora, que Deus a tenha!

Naquele momento, já tínhamos nome e uniforme. Cabe dizer que, na época, não se usavam chuteiras; o jogo era praticado descalço. Então, já estávamos prontos. Era hora de o Velho formar o primeiro esquadrão. E ele usou um critério muito coerente; mesclou jogadores cascudos, que já tinham atuado em outras equipes, aos mais jovens, saídos das peladas locais. Com rigor, formou um time muito bom.

Dentro do conjunto em que morávamos já existia outra equipe, chamada Atlântico, desde a fundação do complexo. Era relativamente boa e jogava aos domingos, pela manhã. Era hábito irmos ver seus jogos no campo de outro time, o Maravilha. Este, sim, tinha sede e campo próprio; demais, era federado e possuía banqueiro de bicho para segurar. Foi nesse time que jogamos pela primeira vez, em campo oficial, nas divisões de base, no infantil.

O Atlântico tinha também Seu Walter, o técnico. Era mais torcedor que técnico; posso defini-lo como um sujeito boníssimo, famoso e gente boa. Era uma figura daquelas! Não tinha muito conhecimento de futebol, mas era organizado e incentivador. E vivia para o time. Nos jogos, arrancava muitos risos dos assistentes, distraía-se e tinha mania de chutar o vento e morder a língua, como se estivesse jogando no campo. Ia numa desabalada carreira de uma extremidade a outra, acompanhando o ataque do time. E o mais engraçado: no final do jogo, estava exausto e suava em bicas! A turma deitava e rolava na gozação por isso. Acaba sendo mais atração do que sua própria equipe. Mas louvem-se seu empenho e dedicação.

Esse time não tinha muitas pretensões; só jogava ali e não dispunha dos melhores jogadores do bairro. Por vezes, cruzava com o Maravilha e perdia quase sempre. Os vencedores debochavam muito, e tudo aquilo nos deixava possessos de raiva.

O Velho foi malandro na formação do primeiro esquadrão, como disse. Os jogadores foram escolhidos com base em suas observações detalhistas; nisso, era perfeccionista. Além da técnica, dava muita ênfase à garra e à disposição. Odiava jogador indisciplinado e marrento. Calcava suas preferências no triângulo técnica, garra e disciplina. Porém, o que mais abominava era jogador medroso. Quando alguém tirava o pé de uma jogada, ele resmungava irado e ficava vermelho de ódio.

Dois ou três jogos-treinos foram efetuados no campo do Maravilha F. C; o Velho conseguiu um horário aos sábados, à tarde, para os realizarmos. Funcionavam no esquema "vai quem quer". E os times eram formados com jogadores da localidade, que se reuniam rapidamente para cobrirem faltas dos adversários. De preferência, optava-se pelos experientes e, por incrível que pareça, formavam-se grupos muitos bons, difíceis de serem derrotados.

Finalmente, marcou-se o primeiro jogo; seria contra o time do Realengo. A partida aconteceria no campo pertencente ao Exército, próximo à estação do trem. Jogaríamos contra uma equipe badalada, de jogadores experientes.

Não se esperava muito desse primeiro jogo quanto a nós. Pensávamos apenas que seria uma grande experiência, e o resultado não iria influir no futuro do Onze Rubros. Mas, surpreendentemente, o time jogou muito! Como se fosse formado há tempos, mostrou-se forte e derrotou o adversário com facilidade, por 4 x 1. Apesar da violência dos adversários e com juiz da casa roubando muito, não houve intimidação de nossa parte. O Onze Rubros nasceu com outras excelentes virtudes, mas uma era levada mais a sério: jamais correr do pau! Era inconcebível essa hipótese. Ficou claro que a mescla de garotos e cascudos dava certo. Ali, ratificou-se a marca registrada de um time que nascia para vencer. Uma saga de vencedor!

Com esse espírito, os jogadores passaram a vestir a maravilhosa camisa vermelha, da cor de sangue, e honravam-na com muito amor e dedicação. A alegria do Velho foi contagiante! Era o verdadeiro pinto no lixo. Durante toda a semana, ele contava os lances do jogo a cada um que chegasse à esquina. E, a partir dali, ficou instituída e constituída a sede do time Onze Rubros: a esquina da Rua C com a Thomaz Alves, no próprio conjunto em que residíamos.

As discussões e os bate-bocas eram tão entusiasmados que causavam espanto aos que passavam. Cada vez mais, atraíam-se outros adeptos, e a torcida foi se formando num misto de admiração e fanatismo. Os espaços da esquina eram disputados para se conseguir o melhor lugar, a fim de se participar dos comentários. Ali se formavam heróis e vilões, de acordo com as atuações, e também se participava de decisões de julgamentos de algum jogador ou dirigente que tivesse conduta incompatível com o regulamento básico.

Com o tempo, alguns frequentadores mais idosos e respeitados formaram uma espécie de diretoria. Tinham a função de dirigir e organizar as partidas e o time. E o decidido era respeitado sem choro. Uma decisão de eliminação dificilmente era revogada, por exemplo. E o voto de Minerva cabia sempre ao Velho.

O que diferenciava o Onze Rubros dos outros times de esquina era a organização e a seriedade como o conduziam. Possuía todos os detalhes de um clube futebolístico que disputava campeonatos federados, aqueles que tinham campo e sede própria.

Nossos três primeiros resultados foram vitórias, inclusive uma sensacional de 4 x 0! Jogamos contra o time de juniores que, na época, era chamado de juvenil, possuindo jogadores até 21 anos. O Mageense era um clube federado, vencedor naquela categoria da região. Para realizar a partida, fizemos nossa primeira pequena viagem de trem da Leopoldina (Macaquinho) e enfrentamos a fúria da torcida adversária.

Aquele jogo também teve outra particularidade; era o primeiro em que estávamos calçados. Compraram-se meias de péssima qualidade que, se puxassem muito, rasgava no dedão do pé! Alguns jogadores, como Té, calçou uma chuteira pela primeira vez na vida! Até se chegar a usar uma, tinha que se criar muita casca na sola do pé. Não havia facilidade para comprá-las, pois eram muito caras e pouco acessíveis. A pessoa precisava trabalhar bastante para adquirir uma.

Aquela vitória fez o Velho delirar e encher-se de vaidade; e, aí, ele cometeu um erro de estratégia. Pensou em voar um pouco mais alto e enfrentar um time mais poderoso, achando que podia. Os times de várzea eram bem estruturados e levavam muito a sério o futebol; por isso, criavam fama. Os jogadores considerados craques tinham regalias e gozavam de certos privilégios, mas sem exageros. Possuíam status de celebridade nas regiões dos times em que jogavam, e se o cara passava na rua, os comentários rolavam: "Aquele é fulano; ele joga no time tal. Joga demais! Vi, uma vez, ele fazendo um gol assim: fez embaixadinha com bagaço de laranja em volta do campo e muitas outras peripécias...".

Impressionante como aqueles peladeiros desenvolviam características, as mais variadas possíveis. Cada um era especialista em um tipo de jogada. Assombroso o que se fazia com a bola! A grande maioria dos craques, além de jogar nos times de várzea, atuava também nos da segunda divisão. E esta era divida em "Classistas e Departamento Autônomo". Eram times formados nas grandes empresas, como Ficap, Sisper, Fábrica Nova América, Dubar, Lâmpadas Aladim, Swift, Klabin, Vulcan; e clubes como Pavunense, Mavilis, Everest e muitos outros famosos. Forma-se um campeonato de rachar e um festival de craques! Aqueles que jogavam nessas divisões estavam credenciados para serem profissionais, sem passarem por peneiras. Muitos jogadores famosos saíam direto desses clubes para serem titulares nos times profissionais. Eu adorava ver aqueles jogos, muito mais do que ir ao Maracanã; e olhem que os timaços, na época, eram Santos, com Pelé; Botafogo, com Garrincha. Enfim, todos excelentes.

Agora, ganhar dos adversários dentro da casa deles, no seu campo?! Tarefa muito difícil! Os afamados times da casa vendiam as derrotadas a um preço elevadíssimo. Quando estavam perdendo, distribuíam pancadaria para todo o lado. Cusparada na cara era comum.

E o tempo não passava. 45 minutos viravam 60! Poucos estádios tinham refletores, na época, e o jogo só acabava quando não mais se conseguia ver o outro jogador do outro lado do campo. Quase que sempre, os juízes eram da casa e roubavam; sem dó, nem piedade. Por serem da localidade, tirar um juiz daqueles era confusão na certa. As torcidas locais, apaixonadas ao extremo, mantinham-se à beira do campo. E insultavam, hostilizavam e queriam intimidar a todo o custo. Por isso, atiravam-nos de tudo: terra, pedra, copo com água, bagaço de laranja... quase sempre, o jogo tinha de parar para acalmar a torcida. De certo modo, sempre se chegava a uma solução aceitável, pois se tinha a preocupação de os visitantes não mais quererem jogar naqueles campos. Ganhar? Era para macho mesmo! E o Onze Rubros tinha de sobra! A dureza da vida fazia-nos rudes e destemidos. E nosso recado era aquele: ganhar na casa do adversário, sem arregar!

O Velho marcou um jogo contra o time do Colônia, de Jacarepaguá. O campo localizava-se dentro da Colônia Juliano Moreira, de doentes mentais. E era espetacular, considerado uma espécie de Maracanã da época. Um verdadeiro tapete verde! A torcida, apaixonada e ferrenha, era composta pelos doentes internos. Todos vestiam macacão azul e sentaram-se numa arquibancada improvisada. Formava-se, numa visão total, sem detalhes, um lindo quadro: campo verdíssimo e arquibancadas azuis. Que lindo visual!

As pessoas faziam um barulho terrível, principalmente batendo suas canecas de alumínio, que carregavam penduradas nos macacões. Eram atitudes hilárias. Elas faziam-nos rir e, ao mesmo tempo, sentir compaixão. As condições que viviam eram precárias, enfrentando muitas carências. Por vezes, tinham um comportamento agressivo, e os vigias retiravam-nos imediatamente. Porém, isso aconteceu raramente.

Mas, dito pelo não dito, aquela condição de nos apresentarmos fora de casa criava uma insegurança grande. Principalmente, quando o time da casa estava perdendo, e a equipe era muito boa, considerada de primeira linha, com jogadores excepcionais. Aquela região era bastante abrangente, e os jogadores que se destacavam nos times de menor expressão iam para lá. O Velho estava eufórico e cheio de sonhos. Ganhar daquele time seria o céu! O respeito que iria angariar deixaria os adversários mais temerosos, e choveriam convites para futuras partidas.

Em função disso tudo, o jogo começou nervoso, num belo domingo ensolarado. O time da casa partiu para cima numa espécie de arrastão. Onze Rubros defendeu-se e deu chutão pro mato, que não era (nem seria) sua característica básica. O Velho, que se mantinha calado em grande parte do jogo, gritava muito, dessa vez. "Segura fulano!"; "Prende o beltrano!"; "Olha a retaguarda!"; "Té, não recua!"; "Raul, fica dentro da área. Você é ou não é o centroavante?"; "João, você é o ponta-esquerda; vai para cima deles, sai do meio!"; "Esse aqui, marca fulano; marca o outro que está nas suas costas!".

O time adversário tocava a bola com precisão e deslocamentos rápidos. Acabou o primeiro tempo, e eles já estavam ganhando. O Velho, no vestiário, continuou gritando e deu todas as instruções. Como sempre, acertadas. Porém, nada mudou. Onze Rubros foi completamente envolvido. Naquele momento, Paulino começou a descobrir que, para voar mais alto, alguns conceitos deveriam mudar; precisava de jogadores experientes, com mais força física e malandragem, adquiridas em atuações nos outros times.

O resultado final da partida não podia ser outro, e amargamos a primeira derrota. E isso nos marcou muito. Então, foi dado o grande passo para a transformação; a primeira delas: não se poderia fazer um time de grandes vitórias só com jogadores formados dentro do conjunto; era necessário ter gente de todo o bairro e das adjacências, pessoas dispostas a assumirem o compromisso da vitória. Todos deveriam se adaptar àquelas características de disciplina, espírito de luta e, o mais curioso, para jogar tinha que pagar mensalidade e custos extras, como rateio para compra de camisas, bolas, etc.

Naquela esquina não se cogitava outra possibilidade, a não ser a vitória; a derrota poderia ser uma consequência remotíssima. Mas inaceitável.

Ficou resolvido que o time iria, durante aquele ano todo de fazer uma espécie de preparação e formação mais sólida. Passou-se a jogar durante os sábados, no campo do Maravilha, na parte da tarde. Os adversários seriam os times locais e, às vezes, algum um pouco melhor, vindo de fora. Os testes de jogadores eram constantes. Alguns procuravam o time e ofereciam-se. Outros eram convidados dentro dos critérios estipulados e nem sempre eram aprovados, pois vinham cheios de defeitos. A preferência era a formação do grupo com a prata da casa; isso era fundamental.

Os adversários que se seguiram não eram páreo para o Onze Rubros. Muito raramente impunham dificuldades e eram batidos facilmente. E veio a chatice e a monotonia. Aconteciam diversas vitórias contra times locais, considerados muito bons. Devido a isso, e para achar motivação para os jogadores, o Velho deu preferência a jogos-treinos com o próprio elenco em formação. Esses, sim, eram duros e, muitas vezes, descambavam para violência, com jogadas ríspidas que causavam mal-estar no grupo. Por vezes, havia discussões e disputas. Afinal, todos queriam um lugar no time!

A partir daquele momento, com vitórias consecutivas e fáceis impostas aos adversários e novos jogadores surgindo, iniciou o aparecimento de uma legião de torcedores à beira do campo. Era bonito ver os moradores movimentando-se para assistirem aos jogos. E levavam cadeirinhas e outros apetrechos.

Jogadores considerados craques manifestavam o desejo de jogarem no Onze Rubros. E surgiu uma inveja dos outros times locais; principalmente, do pessoal do clube Maravilha. As hostilidades latentes, à beira campo, foram responsáveis pelo que viria a ser uma rivalidade sem precedentes. Ambos os times se respeitavam; porém, as comparações eram inevitáveis. Pior ficou quando Nei Garfo, um dos principais craques de Quintino e jogador do Maravilha, resolveu jogar no Onze Rubros. Aí, a situação ferveu! O que pesou na decisão daquele jogador foi o fato de morar e ser peladeiro do conjunto; todos os seus amigos de infância e juventude eram de lá.

O Onze Rubros jogava no campo, aos sábados. Torcedores, dirigentes e jogadores do Maravilha posicionavam-se, sempre, no lado direito e torciam, desesperadamente, contra. Em qualquer jogada errada, davam vaias. Na verdade, os erros aconteciam em consequência do campo ser muito ruim, duro, careca e com grama alta nas laterais. No dia seguinte, aos domingos, era a vez da reciprocidade. O esquema era o mesmo. Torcedores, dirigentes e jogadores do Onze Rubros faziam igual, ou até pior! Um gol do adversário era comemorado com muitos gritos para irritar ao máximo. Em jogos decisivos do campeonato, os que eles disputavam, gol ou vitória do adversário era comemorado com morteiros.

De pequenas hostilidades e gozações sem importância, a situação passou a ficar séria. A rivalidade ficou muito mais viva pelo pessoal do conjunto, alimentado por derrotas sofridas no passado do Atlântico. Visualizavam um novo horizonte: o Onze Rubros surgia com grande potencial e esperança de ser um futuro algoz.

Assim, os chamávamos de "os maravilhados", pois eram soberbos e marrentos. Por se mostrarem assim, desenvolveram um estilo próprio de jogar bola. Jamais faziam uma jogada sem enfeitar; rodavam o braço contrário ao pé que iria bater na bola, por exemplo. Aquelas enfeitadas desnecessárias e sem objetividade no futebol. Puras besteiras.

Mas, justiça seja feita, tinham jogadores de alto nível. Dentre eles, o considerado o melhor de Quintino: Nunes. Era hábil e sensacional; de altura mediana, tinha um corpo forte. Um meia desses que qualquer time gostaria de ter e que não se vê mais, atualmente, com facilidade. Fazia deslocamentos rápidos, driblava com velocidade e sempre em direção reta ao gol. E mostrava ter uma visão de jogo extraordinária. Seus arremates de fora da área eram fortes e precisos. Cabeceava muito bem, com uma técnica invejável! Era daqueles jogadores que realmente levavam torcidas aos campos. Quantos gols!

Nunes tinha uma plástica maravilhosa, e tivemos o privilégio de ver isso de perto. Era um colírio vê-lo jogar! Por mais que os times profissionais o tentassem com propostas para levá-lo, não entendíamos por que não aceitava, pois teria vaga em qualquer um. Nunes à parte, os maravilhados não admitiam uma possível derrota para um time que acabava de surgir! Isso era totalmente fora de cogitação.

O ano terminou dessa maneira. Em raríssimas exceções, o time jogou fora. Ao certo, foram em duas ocasiões. A primeira foi contra o Central de Guapimirim, de uma cidade do estado do Rio de Janeiro. Também era um clube bem estruturado e disputava o campeonato regional federado. Embora houvesse relutância de enfrentá-lo, o jogo foi aceito. Mas houve uma ponta de insegurança. Como sempre nos reuníamos na esquina e pegávamos a condução básica — o trem — havia motivo de atrasos, gozações, e surgiam causos.

Um grupo imenso de pessoas — jovens, crianças e velhos — só podia dar em confusões e brincadeira. O Velho ficava maluco para controlar tudo. Quantas vezes desesperava- se, dizendo que acabaria com o time, que não queria mais aturar aquilo... Mas, quando a equipe vencia, esquecia tudo.

O trem era chamado de "Macaquinho" e o pegávamos na estação da Leopoldina. Tinha hora para sair; mas, para chegar... Aquelas viagens eram sortidas de emoções. Se o jogo fosse à tarde, pegávamos o do primeiro horário, por volta de seis horas. Enchia muito. Aperto e empurra-empurra havia sempre. Volta e meia, uma mulher gritava: "Sai de trás de mim!" E, nessas situações, quase sempre alguém do time estava envolvido. A gritaria e as gozações traziam mais confusões. E tinha de tudo: pastor pregando; vendedores de bala, pente, amendoim; cantorias e batucadas. Que aventura!

Esse jogo era com um adversário fortíssimo, que tinha sido campeão regional. Porém, como sempre, o Onze Rubros tinha o dom de jogar fora. Não tinha explicação. Os jogadores multiplicavam-se e jogavam como nunca; principalmente quando diziam que o adversário era forte e se o jogo estivesse cercado de muita expectativa.

A partida foi duríssima, porque os adversários tinham um time muito bom. No início, talvez devido ao cansaço da viagem, eles conseguiram envolver nosso time e fizeram, de cara, 1 x 0. Acharam que já estava ganho o jogo, que goleariam como era de costume. Contudo, no finalzinho do primeiro tempo, depois de equilibrar o jogo, nossa equipe empatou.

No vestiário, o Velho, com sua astúcia, armou um esquema perfeito: eliminou a jogada-chave deles e só esperou o momento certo para o contra-ataque. Não deu outra! Té, aquele do nosso time de garotos, franzino, ficou no meio dos galalaus, que batiam muito. E fez um golaço! Penetrou na área com velocidade e, num chute forte cruzado, sem chances para o goleiro, desempatou o jogo. Até a torcida adversária aplaudiu! Resultado final: 2 x 1. Os louros da vitória pertenceram a ele e ao Velho. Que jogão maravilhoso! Mais uma espetacular vitória para aquela galeria, que seria de muitas! Imaginem a alegria de Paulino ao vencer aquela partida e com gol do seu maior pupilo.

O segundo jogo foi contra o Fluminense de Friburgo. Hoje, chamado de Friburguense. Também era um clube bem estruturado. Era o time da cidade e disputava o campeonato regional. Portanto, estávamos diante de outro timaço. E invicto, em casa, há muitos jogos. Desbancá-los, lá, era tarefa dificílima, quase impossível. O homem que arrumou o jogo teve a intenção de armar uma arapuca, tanto que quis apostar uma nota. Até então, não se tinha hábito dessa prática. Para nós, aquela seria uma excursão. A primeira.

Nova Friburgo tinha fama de cidade linda e aconchegante. Seu inverno era badalado, com muitas atrações. Passar férias por lá era um sonho quase impossível para nós, pois chegar à cidade não era tão fácil como hoje. A viagem era longa. Vivíamos no nosso mundinho e considerávamos o passeio como verdadeira excursão.

Os dias que antecederam o jogo foram passados em clima de expectativa e euforia. Tudo foi meticulosamente estudado. A princípio, as despesas tornavam aquele jogo um objetivo difícil. A dureza era muito grande. Os jogadores, na maioria quase absoluta, não tinham a menor chance de bancar um rateio com ônibus especial. Mas resolveu-se arriscar. Colhe daqui; recolhe dali. Pedimos, novamente, ao Leonardo da Padaria e a Seu Zezinho do Armarinho. Enfim, chegou-se ao montante ideal à excursão e para o jogo. E, dessa vez, com participação feminina.

A ansiedade na última semana que antecedeu o jogo foi extrema. Muitos planos e planos. "A fulana vai, e vou sentar com ela. "; "Do Bedel Peidão, eu quero ficar longe!".

Bedel foi o maior soltador de flatulências que se tem conhecimento! E como seus gases fediam! E o fazia na hora que desejasse e quando desejasse. Era alto, baixinho, apertadinho, arrombadinho e fuinha. Era grande, orelhudo, feio e magro. Tinha uma barriga desproporcional ao corpo e era extremamente dramático. Tudo que ele contava tinha uma dose excessiva de drama; ademais, gostava de aumentar um pouco. Talvez pudesse ser um grande novelista. Uma figuraça!

Ele atendia aos pedidos para expelir seus gases com um prazer e satisfação infantis. Como fazia aquilo?! Jamais saberemos. Seu prazer era tão intenso que, quanto mais fedido, mais atingia o êxtase e dava gargalhada. Claro que, depois, saía em desabalada carreira para não tomar bronca.

E finalmente chegou a véspera do jogo. O nervosismo de estar vivendo aquele momento era muito especial; e isso deixava-nos cada vez mais ansiosos. Ninguém dormiu à noite. Às cinco da manhã, partimos. Usamos um ônibus especial e fizemos muita bagunça. Os vizinhos na janela reclamaram, pela volta dada no conjunto e pelos fogos que soltavam. Parecia uma alvorada festiva de igreja. O Onze Rubros fazia aquela gritaria dentro do ônibus, e a alegria era contagiante; só comparada às excursões de crianças de escola pública, quando vão ao zoológico. "É o Onze Rubros! É o Onze Rubros!".

E todos os vizinhos conformaram-se. O time do conjunto residencial pegava corpo, e todos estavam vaidosos e orgulhosos. Contudo, assim que o ônibus pegou a via primária, aconteceu a primeira confusão. Uma senhora gritou: "Parem o ônibus! Parem o ônibus!". Seu marido, também desesperado, aos berros, mostrava-se propenso a agredir alguém. A pergunta era a mesma em todos: "O que foi?". De repente, o casal explicou:

— Perto desse cara nós não vamos. Tirem ele do ônibus! Pois é. O safado do Bedel tinha soltado um daqueles.

Que terrível! O rapaz conhecia a alquimia do que comer

para soltá-los quase que destrutíveis e letais. Então, armou- se uma confusão doida. O Velho não falava; só gritava. E, como esbravejava, tornava-se vermelho de ódio.

— Esse porco nojento não serve para o grupo! Vamos botá-lo para fora!

Com toda essa confusão, imediatamente se armou a comissão de julgamento. Depois de muita discussão e ponderações, chegou-se à conclusão de que ele viajaria só se fosse no último banco do ônibus, ao lado do banheiro. E ali ele ficou feliz da vida. Mas os puns não cessaram. E o cheiro misturava-se com o do banheiro. Bom, ele encontrou seu devido lugar!

Após alguns percalços, o ônibus enguiçou. E, de novo, confusão e piadinhas. Aquelas brincadeiras chatas, sem graça, de gente metida a engraçadinha. Em excursão, não há coisa pior. Daí, vieram as broncas do Velho pela cachaça que passava de mão em mão entre os jogadores. E tinha uns chatos que só bebiam para irritá-lo. No jogo, esses eram os que menos corriam em campo, claro.

Chegamos cedo à cidade. Fazia um frio intenso, com um vento que cortava nossas faces. E havia uma densa neblina. Ao contrário, nada encobria a beleza da cidade; e tudo contribuía para seu esplendor. Nossa euforia só aumentava. O jogo estava marcado para as 10 horas.

Os jogadores seguiram para o campo, e os torcedores aproveitaram para fazerem um pequeno passeio. Mas todos estavam ali para o jogo; e a vitória era o objetivo.

A entrada em campo foi inesquecível, com todos impecavelmente uniformizados. Quem não conhecia o time diria que era profissional. O Velho não abria mão de disciplina e conferia os jogadores um a um, na entrada do campo, como se fossem militares.

Estouraram muitos fogos, e a pequena torcida incentivava ao extremo. O time não decepcionou e fez um partidaço, vencendo o jogo. A vitória foi surpreendente e espetacular; superou-se o imaginável. Após o encerramento da partida, um fato curioso aconteceu. O adversário, reconhecendo a superioridade do Onze Rubros, perfilou-se, na saída do campo, aplaudindo e abraçando nossos jogadores. Foi um show de fair-play que nos encheu de orgulho! Perguntavam: "Esse time é mesmo de esquina? Sinceramente, nós não acreditamos!".

O restante do dia foi só passeio pela linda cidade e muita comemoração. Para variar, cometemos alguns excessos na bebida e, consequentemente, aconteceram porres homéricos. A chegada em Quintino foi apoteótica! Propositalmente, para coincidir com o horário em que o time Maravilha estava jogando, o ônibus passou vagarosamente em frente a seu campo, fazendo uma balburdia danada. Os torcedores daquele time, perplexos, faziam gestos obscenos e gritavam praguejando. No nosso ônibus, só se ouviam os gritos "É, é, é... O Onze Rubros! É, é, é... O Onze Rubros!" E os cantos: "Se essa p... não virar, eu chego lá! Ê, ê, ê, ê... O Onze Rubros tá botando pra...", e outras versões de marchinhas.

O time foi recebido pelos moradores do conjunto com intenso foguetório. E a festa continuou até o início da madrugada. Coisa de subúrbio mesmo, com muito orgulho! Éramos felizes, muito felizes. Os maravilhados achavam que seríamos derrotados com facilidade? Pensaram que o time iria cair numa arapuca? Mas ficaram surpresos e mortos de raiva. A vitória marcante deixou o time de alma lavada.

O ano chegou ao seu final, e vieram os tradicionais festejos, com churrascada e muito samba, a primeira da rapaziada Onze Rubros. E aconteceu a última pelada do ano, a tradicional partida de casados contra solteiros. Naquele ano, não foi fácil formar o time de casados, e acabou enxertado com jogadores que ainda não faziam parte do plantel. Pela disposição física dos mais jovens, solteiros, os casados tomaram uma goleada. Mas que importava isso? A festa foi maravilhosa e serviu para consolidar a união do grupo. Na oportunidade, alguns jogadores casados foram convidados para participarem do time do ano seguinte, pois os dirigentes do Onze Rubros tinham planos mais ousados.

Ficou acertado que o calendário do futebol iniciaria duas semanas após o Carnaval, terminando no último fim de semana de novembro, ou na primeira semana de dezembro. Durante o período de verão, vários impedimentos inviabilizavam a prática do futebol de várzea. Um deles, por ser jogado quase sempre à tarde. O sol forte impedia a prática do esporte.

Com as festas de final do ano, e também devido às férias escolares, os programas eram intensificados. Assim, era tempo de praia, pelada, batalhas de confete e ensaios das escolas de samba. Tudo isso contribuía para dificultar as jogadas do pessoal; era aborrecimento na certa! Fadado ao W.O. Sempre.

Terminava o verão; passava-se da ressaca do Carnaval. Vivia-se a loucura eufórica da Beatlemania, que arrebatava os jovens avassaladoramente. O movimento anunciava transformações, amedrontando os mais radicais e ortodoxos. O que tudo aquilo estava por mudar? Todas as atividades do cotidiano tomavam força e entravam no seu ritmo normal, após tantos festejos de fim e de início do ano; exatamente como ocorre ainda hoje.

NOVOS RUMOS

Depois de muito discutirem os dirigentes, com total apoio do Velho, tomou-se uma decisão: para o Onze Rubros enfrentar adversários mais poderosos, a primeira providência seria mudar as características do time e formar, de imediato, um segundo quadro. Na época, times de várzea com sede e campo próprios tinham primeiro e segundo quadros, e seus jogos eram sempre domingos à tarde. Seguiríamos o exemplo dos clubes profissionais, que tinham quadro de aspirantes, inclusive com disputa de campeonato. E esse segundo time era formado por jogadores que estouravam a idade nas categorias de base e também pelos recém-contratados. Fazia-se, portanto, uma espécie de laboratório.

Assim sendo, abriu-se a porta à entrada de vários jogadores e a experimentos. Foi dada a oportunidade a inúmeros peladeiros, e com muita intensidade. Mas não os da elite, mas a quem jogava apenas a primeira e a segunda peladas. Usaram-se alguns critérios, a fim de não se cometerem injustiças. Uns foram postos em observação. Desses escolhidos, a maioria jamais havia calçado uma chuteira. O resultado final era duvidoso. Adotava-se um número grande de jogadores muito jovens, que despontava como grandes promessas. Nesse grupo, estávamos eu, com 13 anos, e Ângelo, com 15. Tínhamos pouca estatura física; por isso, era difícil saber o resultado. Contudo, já nos constituíamos em três membros da família que faríamos parte daquele maravilhoso time. Dante, nosso tio, era centroavante goleador e cascudo. O gol gostava dele; e ele, do gol. Nos times em que atuou, foi sempre artilheiro. Era baixinho, forte e tinha uma velocidade espantosa! Um raçudo de fôlego invejável. Aliás, igual a toda a família. Com aquela altura, fazia muitos gols de cabeça; porém possuía um defeito irritante: prendia por demais a bola e, quando entrava na cara do gol para fazê-lo facilmente, na maioria das vezes, perdia! E, quando menos se esperava, fazia os mais impossíveis. De toda a forma, o gol importante da partida era sempre dele mesmo. Ficávamos pasmados com sua sorte. Num dos mais absurdos gols lembrados, o goleiro quicou a bola para chutar para frente; Dante, de costa na intermediária, preocupava-se com a marcação da saída de bola. O goleiro chutou forte para frente, a bola bateu na nuca de Dante e entrou no ângulo! Até gol de pipa ele fez. Quando chutou para o gol, uma pipa estava caindo no campo. A bola pegou em cheio na pipa e traiu o goleiro. Gol, é claro! Meu tio tinha um currículo vasto de gols absurdos.

No início da formação do segundo quadro, a diferença do primeiro para este era muito grande. O primeiro já tinha feito um ano de experiência, e alguns jogadores foram se integrando ao elenco e reforçando o time. Os treinos no campo do Maravilha ratificavam a diferença e acabavam sempre em goleadas. O Velho, muito preocupado, sentia-se inseguro quanto ao nosso desempenho perante adversários mais fortes. Resolveu, então, reforçar a equipe com alguns jogadores reservas do primeiro. E escalou Dílson, Cafuné e Wagner.

Dílson era um goleiro alto, com uma envergadura privilegiada. Colecionava atuações extraordinárias e, naqueles dias, quem o visse pensaria em levá-lo para um time profissional. Mas seu normal era de insegurança. Em alguns lances, protagonizava cenas patéticas. O Velho achou por bem não mais contar com ele para o primeiro quadro.

Cafuné era um zagueiro com habilidade e sabia jogar; contudo, era por demais irreverente e irresponsável. Gostava de enfeitar demais as jogadas. Vibrava quando matava a bola no peito e dava de chilena. Ele era baixinho, e bolas a serem rebatidas de cabeça eram por ele matadas no peito. Quase sempre entregava o jogo. E, por isso tudo, foi considerado "O Rei da Domingada" (em alusão ao programa "Os Trapalhões"). Dílson e ele não se entendiam. Cafuné matava a bola no peito e atrasava de costas de chilena; nunca acertava o passe. Dílson aproximava-se e era encoberto pela bola que, quase sempre, ia no ângulo. Gol contra! Muitas das vezes, ele saía do gol e dizia: "Deixa!"

Cafuné deixava e vinha o centroavante adversário, entrava no meio dos dois e... gol, é claro! Quantas vezes tivemos vontade de enforcar os dois! Esse "deixa" do Dílson era um problema.

Recordo também uma das jogadas mais esquisitas do Cafuné: no finalzinho de um jogo de empate, o adversário chutou uma bola despretensiosa do meio-campo. A bola veio baixa, à meia altura. Cafuné ajoelhou-se na marca do pênalti, estufou o peito e deixou a bola bater. Dílson estava bem atrás dele. Conclusão: com a velocidade com que veio a bola, encobriu-lhe e também ao goleiro! Perdemos o jogo, e ninguém entendeu o ocorrido. Eu, que estava próximo a ele, fiquei perplexo com o que ele fez. O Velho queria entrar em campo e agredir os dois.

Diversos fatos hilários foram proporcionados no início, alimentados por algumas figuras que se revelaram. Xexeo, por exemplo, espantava os adversários, a ponto de um dirigente adversário parar um jogo para pedir sua saída do campo. Sujeito curioso... adorava aparecer e fazer uma graça. Um belo dia, estava ele conversando com uma garota com intenção de paquera. O Velho ia passando em frente aos dois, com um grupo de atletas do time. Xexeo gritou, para que todos ouvissem:

— Velho, amanhã eu não estou a fim de jogar!

Ele parou e ruborizou instantaneamente, gritando com voz rouca e com aquela grosseria, que era sua peculiaridade:

— Você não vai jogar amanhã, nem depois, nem nunca mais. Vai jogar na...

O restante da resposta é fácil entender; e o coitado teve passagem rápida.

Chamusca, que não jogava de calção de jeito algum, era canhoto com um chute poderoso e sem direção. Uma vez, ele pegou uma bola de primeira na veia. A redonda passou muito acima do gol e, depois de derrubar alguns pequenos galhos, pegou em cheio num sujeito trepado numa árvore, derrubando-o. Foi um rebuliço danado, pois tiveram de o levar para o hospital. O sujeito quebrara um braço.

Os primeiros jogos do segundo quadro foram desastrosos. Três ou quatro jogadores destacavam-se e foram aproveitados. Por si só, o segundo foi se renovando. O Velho errou com tal decisão; pediu revanche com Colônia, o time da primeira derrota. E levou esse segundo quadro para fazer a preliminar. O resultado foi uma goleada impiedosa. Mas, para consolo, o primeiro quadro vingou-se e venceu de 2 x 0. E colocou o nome do Onze Rubros, de vez, dentre os times de primeira!

A partir daí, a chuva de convites foi total. "Que time é esse que ganha tanto fora?" Queriam ganhar o Onze Rubros a qualquer preço! Tínhamos um telefone para contato, e todos achavam que era de nossa sede. Mas era um público, localizado na esquina!

Os jogos sucederam-se durante um período, exatamente nesse esquema. Às vezes, o segundo quadro conseguia uma vitória. Todavia, a irregularidade de suas atuações fazia-o motivo de chacotas. Assim, depois de muita polêmica, outra decisão foi tomada: as jovens promessas comporiam o segundo quadro, independentemente de estarem atuando até aquela data no primeiro. E este já estava totalmente formado, técnica e fisicamente. Os jogadores acima de 21 anos eram considerados amadores. Para essa formação, levou-se muito em conta a estatura alta e o físico forte. Obviamente que o profissional tinha de ter habilidade e técnica em primeiríssimos lugares.

Assim, formou-se um dos mais espetaculares elencos nos dois times. O resultado foi imediato. Quando o segundo entrava em campo, quase sempre barbarizava os adversários com goleadas impiedosas, causando espanto e respeito aos adversários do primeiro. A interrogação das torcidas adversárias eram sempre as mesmas: se o segundo jogava aquela bola toda, imaginem o primeiro! E este jogava e confirmava as expectativas. Era sempre mais um show de bola.

Algumas datas para as partidas eram escolhidas para aparar arestas dos times. O Velho gostava de corrigir erros e defeitos dos jogadores e, quando os detectava, fazia-os treinar intensamente até corrigir. Paulino era uma raposa do futebol. Nessas datas, treinava o primeiro contra o segundo, e o resultado era imprevisível, pois ninguém queria perder. Por diversas vezes, as confusões foram inevitáveis. Havia resultados apertados e muita disputa; moleza nem pensar! O primeiro prevalecia-se da força física maior. Porém, a velocidade e a habilidade da garotada deixavam-nos malucos e, assim, baixava-se a pancadaria! Mesmo assim, não havia intimidação. Aquela garotada não tinha medo de cara feia; encarava de igual para igual.

Além disso, tinha-se de jogar na casa dos adversários e não se respeitava limite de idade ou tamanho. Eram jogadores que faziam a preliminar e almejavam ardentemente um lugar no time de cima, sendo considerados aspirantes. Os do primeiro quadro não estavam nem aí se jogavam contra garotos; disputavam a bola com rispidez e batiam com vontade.

Contudo, os resultados desses treinos alternavam-se: empates, muitas vitórias do primeiro e muitas do segundo. Inclusive com uma goleada histórica do segundo de 7 x 2, que foi motivo de gozações e provocações. O Velho deliciava-se com tudo aquilo, pois sabia que só acontecia nos jogos de disputa interna. Agora, quando eram partidas a "VERA", valendo três pontos, a união do grupo e a harmonia eram perfeitas. Torcíamos uns pelos outros, sem limites! Amávamos o time e a nós, reciprocamente, e muito. Esse forte sentimento vinha da doce amizade de infância, a mais bela e pura, que jamais cessa. Conhecíamos os defeitos do outro; gostamos um do outro. Para aqueles que compunham o elenco do segundo quadro do Onze Rubros não era fácil jogar. Os craques do primeiro assistiam aos jogos atentamente e, havendo qualquer erro, torciam o nariz. As críticas sempre foram muito severas. Portanto, era uma responsabilidade muito grande.

Com o decorrer dos jogos, a confiança no segundo grupo foi se consolidando. Todos — torcedores, craques jogadores e dirigentes — tinham satisfação e um maravilhoso prazer de ver o segundo jogar, a ponto de o Velho ter muitos aborrecimentos na hora de o primeiro arrumar-se para o jogo. A cada lance bonito ou gol, saíam todos os jogadores do vestiário pelo delírio da torcida. Às vezes, dispersavam-se, e a bronca comia solta. Na verdade, ver o Velho esbravejando era um dos maiores prazeres da rapaziada.

Esse espetacular time do segundo quadro ficou por dois anos invicto.

VITÓRIAS IMPORTANTES

E vinham vitórias dos dois times, bem expressivas, contra adversários poderosos. Alguns deles disputavam a segunda divisão, como Mavillis, Everest, Manufatura, Nova América, Pavunense, São José, Anchieta, União de Marechal Hermes, Santa Rita (de Nova Iguaçu). E havia os times de Irajá: Milionários, Filhos de Irajá e Grega. Do bairro de Jacarepaguá, não eram poucos também. E tantos outros, de diversos bairros. Os comentários sobre as disputas corriam na boca grossa e miúda do bairro e nas adjacências. Com isso, surgiu um fenômeno, até então desconhecido para todos da época.

Como efeito dessas vitórias, a torcida foi se avolumando e tornou-se a mais eclética de todas: fanática, gaiata e circense. Aqueles que não tinham o futebol como prioridade, como pipeiros, roqueiros e músicos em geral, compositores, sambistas, malucos e personagens-figuras passaram a acompanhar o time. Sabiam eles, com certeza, que, além de verem um excelente futebol, haveria diversão, e pelo preço de uma passagem de ônibus. Carona de carros, raramente se conseguia; e, quando sim, geralmente em veículos velhos que, na maioria das vezes, davam problemas e carregavam a possibilidade de ficarem no caminho.

Sabe como é a dureza... Mas valia a pena! Tudo se transformava numa grande aventura divertidíssima; certeza era rir e rir muito. Com a vitória conquistada, a volta tornava-se melhor ainda. E, aí, havia cantorias de pagodes e, como não podia faltar, a danada da cerveja.

Por tudo isso, os domingos eram esperados com ansiedade e euforia para se vivenciar tudo de novo.

Contudo, não se pode dizer que tudo eram flores. Pois, de vez em quando, saíam umas brigas pesadas, em consequência de uma arenga, por uma jogada mais ríspida, ou mesmo, um roubo do juiz. Mas a turma encarava e não corria. Afinal, estava ali para o que desse e viesse.

O LOTAÇÃO

Uma preocupação há muito atormentava o Velho e tirava seu sono: reunir todos no horário marcado, para irem todos juntos, na mesma condução. Era um desespero, uma tarefa terrível! Alguns se dispersavam e, quando chegavam ao campo de jogo, havia os mesmos problemas: "Cadê fulano?"; "Ele foi com beltrano?"; "Foram de quê?". O Velho sofria e ficava imaginando problemas... Os atletas poderiam ter parado num bar e estarem enchendo a cara. E outras doideiras que se pensam, quando qualquer pessoa chega atrasada. Nesses momentos, só vem à cabeça o lado ruim.

Portanto, a prioridade passou a ser arrumar uma condução própria para o time. Como fazer? Aí, surgiu uma ideia de sei lá quem.

— Vamos procurar um tal de Seu Ari.

O homem tinha um lotação, um Mercedes 51; na época, havia saído de circulação por força de lei. O estado do veículo não era dos piores: tinha 28 lugares; uma porta de entrada e saída, que era operada manualmente. Mas o lotação andava numa marcha aceitável. Assemelhava-se às conduções escolares americanas, com aquela frente nariguda. A parte mecânica era problemática, mas Seu Ari era um excelente mecânico, já que fora motorista profissional dos lotações, que tinham como base para passar nos exames conhecer profundamente mecânica. Fomos procurá-lo e, com muita conversa jogada fora, fez-se o trato. A partir daquele momento, o lotação seria o transporte oficial dos atletas e dos principais dirigentes. Havia 28 lugares sentados; com os passageiros que ficavam em pé, comportava uns 40.

Seu Ari era um sujeito folclórico. Era alto, de olhos verdes, cabelos crespos ralos, com duas entradas acentuadas. Quase careca. Magérrimo.

Falava pelo nariz como um fanhoso. Que caboclo aborrecido! Raramente sorria e não era de muita conversa. Fumava desesperadamente e mantinha o cigarro, o tempo todo, no canto da boca. Passava mais do que 90% do seu tempo dedicado ao lotação. Quem o fosse procurar na sua casa raramente o encontrava, mas no veículo era certeza, com um macacão imundo de óleo e graxa. Montava e desmontava seu motor. Ao certo, ninguém conseguia saber o que tanto procurava. Se perguntassem a respeito, ele raramente respondia. Uma vez ou outra, balbuciava respostas incompreensíveis. Era o afamado "Rabugento", mas isso não se configurava como problema, pois era o jeitão dele. Enfim, um homem do bem e que dava para encarar!

A PRIMEIRA VIAGEM

O primeiro teste não foi mole. O jogo estava marcado para Santa Cruz da Serra e seria a uma distância considerável. O combinado foi confirmar-se o jogo até quinta-feira, já na semana da partida, e avisar a Seu Ari. Coincidência... Na primeira vez, fomos o Velho e eu confirmar e tratar o preço da viagem. Porém, o que nos intrigava mesmo era a pergunta que não queria calar: o lotação chegaria a seu destino? Com essa incerteza, perguntamos ao dono do veículo sobre isso. O homem enlouqueceu e, quase espumando de ódio, respondeu:

— Vocês estão de brincadeira?!

Ari socou fortemente o lotação e deu-nos uma aula de mecânica e das condições do veículo. Falava com entusiasmo de seu carro, como se fosse um filho muito querido. A princípio, isso nos tranquilizou. Nesse assunto, ele era bom e sabia vender o serviço. Quando retornamos ao conjunto, a turma da piada estava a postos, na esquina. Todos pegaram com força no pé do Velho, expressando suas dúvidas, as mesmas que expressamos a Seu Ari. Judiaram um bocado de Paulino e, para variar, ocorreram as discussões de praxe.

No dia do jogo, todos permaneciam na esquina, esperando o veículo no horário combinado. Cadê Seu Ari? Nada, e nada de aparecer. O Velho deu seus famosos ataques. Tudo o aborrecia; ele respondia com sua tradicional grosseria. Devido à hora, resolveu-se ir ao encontro do lotação. Caminhamos na direção contrária ao trajeto que o veículo faria. E nada! Depois de andar um bocado, chegamos à casa de Ari. Estava ele, desesperadamente, suando em bicas, rodando a manivela, que servia como auxílio para dar partida àqueles veículos antigos, a diesel. Não deu outra: ocorreu a primeira de várias discussões que teriam ele e o Velho. Os dois eram cabeças-de-bigorna.

O Velho, bravo e sem papas na língua, gritou:

— Essa m... não tem bateria?

— Tem; mas dei uma bobeirinha e descarregou! — respondeu Seu Ari.

E aconteceu a primeira de tantas outras empurradas que tivemos de dar. E tinha de ser toda a galera, pois o lotação pesava muito. Que força doida para o movimentar! Empurramos, empurramos e, depois de uma bela distância, o bichinho pegou. Foi o primeiro gol do dia. Todos entraram numa euforia desenfreada, e partimos.

A gozação era tremenda. Ari estava a ponto de voltar. Se chegássemos, era sinal de que o veículo conseguiria voltar. As marchinhas de gozação iniciaram-se: "Se essa p... não virar, eu chego lá!". Seu Ari, não aguentando mais, em dado momento, virou bicho e estacionou. Olhou para todos e falou:

— Vocês vão encher o saco do #*¨?*# e vão todos t... naquele lugar! Quem não estiver satisfeito, que desça agora!Pois não vou levar ninguém, e quem vai voltar agora sou eu.

Aí, entrou a turma do "Deixa disso...", e ninguém falou mais. Quem quereria perder o privilégio de estar participando daqueles momentos? Não sei o que era mais cobiçado: jogar no Onze Rubros, ou ter um lugar no lotação de Ari!

E não é que, com toda a brincadeira, o veículo seguiu naquela velocidade de cruzeiro?! Chegou e chegou bonito. O automóvel tinha energia; parecia ter vida. Coisa estranha mesmo! Vivenciávamos uma espécie de "Se Meu Fusca Falasse", em versão lotação. Se o olhássemos de frente, não sabíamos se estava rindo ou chorando. A sintonia dele com Ari era de impressionar! Que relação amorosa e profunda! Os dois se completavam.

Contudo, o mais gratificante foi a altivez e o orgulho demonstrado por Ari. Quando o lotação chegou, a cena foi indescritível. Seus olhos ficaram vermelhos e marejados de lágrimas. A fala arrastada, de quase choro, manifestou-se:

— Eu não disse que chegava?!

E batia com carinho no lotação, em sinal de agradecimento. Ah, essas são lembranças memoráveis, que nos fazem rir e chorar emocionadamente...

Os dois jogos, naquele dia, foram duríssimos. Principalmente, se somados à tensão da viagem. Que pedreira! O segundo quadro suou bastante para ganhar de 1 x 0, e o pau quebrou, anunciando o que seria o jogo de fundo. O primeiro quadro ganhou também, com um gol no finalzinho. A partida acabou no grito, porque o estádio não tinha refletores, e já não se enxergava mais. Estávamos muito felizes pelas vitórias. Porém, a tensão da volta era grande: será que o veículo pegaria?

Ari, nessa época, ainda não se mostrava envolvido com o time. Sempre que chegávamos a nosso destino, ele parava o lotação, e todos saíam. O motorista fechava-se e dormia. Daquela vez, acordamo-lo de um sono profundo com as perguntas:

— E aí, Ari, vai pegar?

— O esquema é o mesmo: tem de empurrar.

E como empurramos! Aliado ao cansaço dos jogos, foi muito pior dessa vez. Alguns já queriam desistir. E até a torcida adversária ajudou! Quando achávamos que não mais adiantava, Ari, desolado, pediu uma última empurrada. Por incrível que pareça, o bichinho pegou.

Por diversas vezes, vivenciamos fatos estranhos no lotação, mas nada se comparou ao acontecido naquele dia, com a explosão de alegria da galera. Foi um gol de placa de uma vitória, no último minuto do jogo. Nossa volta foi maravilhosa! O samba corria solto com as peças musicais — surdo, tantan, pandeiro e outras -, que ficavam permanentes dentro do lotação. E o mais curioso: apesar de o ambiente ser de futebol, e todos terem suas preferências pelos clubes do Rio de Janeiro, acirrava a guerra dentro do veículo, com as torcidas pelas escolas de samba! Na época, elas popularizavam-se cada vez mais. Portelenses, mangueirenses e imperianos cantavam eufóricos os sambas de quadra e os de enredo. Ao final, tudo dava certo. As pessoas aprendiam os sambas das concorrentes, e a alegria e a empolgação saiam ganhando.

Os grupos formavam-se, internamente, de acordo com suas escolas e fazia-se uma espécie de desafio de pagodeiros. Tinha-se a sensação de que a viagem era curtíssima. A chegada ao conjunto em que morávamos fazia-se sempre com muita expectativa dos que nos esperavam, contando-se com muito barulho dos recém-chegados. O barulho era o termômetro de uma vitória ou derrota. Era hábito o lotação dar uma volta pelas ruas com toda aquela barulheira. Quem olhasse a distância, ficava com a sensação de que o veículo balançava de um lado para outro, como se estivesse dançando e sorrindo. Nas janelas do conjunto, os moradores saudavam o time, orgulhosamente. Alguns desciam dos apartamentos e queriam saber, com detalhes, como fora a partida. As tardes-noites de domingo caracterizavam-se pelo clima de festa, gerado pela chegada do time. E terminavam no bar do Seu Arthur, com muitos comentários e cervejada. Logo, criou-se o estigma de que o lotação os trazia sorte. Corria- se qualquer risco de uma possível ida não bem-sucedida, já que era nosso talismã.

Assim, não se ventilava, em hipótese alguma, o lotação não levar o time. Só em caso de viagens interestaduais distantes; aí, infelizmente, não tinha como. O veículo, então, passou a ser patrimônio primordial, marca registrada do Onze Rubros.

E, por esse período, já não existia mais distância para os jogos do time. A exigência dos adversários e a ansiedade para ganhar aquele time de esquina criaram fama, jogando e ganhando na casa dos adversários; tudo isso se propagava como rastilho de pólvora. A essa altura, levava-se a sério a discriminação por ser time de esquina e não se admitia perder. Tupy de Juiz de Fora (MG) foi derrotado duas vezes. Royal e Central de Barra do Piraí; Miguel Pereira; Vassouras; Barra Mansa; Governador Portela... Todos esses times proporcionaram-nos jogos memoráveis com casa cheia e emoção.

A partida contra o time de Governador Portela aconteceu num dia nublado, bem agradável e sem chuva. Um incidente terrível começou no segundo quadro, porém. Ganhávamos o jogo com certa facilidade. A torcida adversária, inconformada, gritava ofensas e palavrões. Meu irmão Ângelo, a maior vítima por ser cego, fora agredido com xingamentos estúpidos:

— Galo cego! Caolho de m...!

Principalmente as mulheres ofendiam. Eu sabia que aquilo não acabaria bem e estava preparando o revide. Porém, não deu tempo. Meu irmão, propositadamente, foi buscar uma bola próxima ao alambrado do campo; virou- se para torcida e balançou seu órgão genital. Santo Deus! O tumulto formou-se, e não dá para descrever. A plateia começou a balançar o alambrado de arame para derrubá-lo, numa tentativa de invadir o campo. Um dos torcedores, portando revólver em punho, jurou-o de morte, dizendo que ele só sairia dali morto. Fizemos uma parede humana e escondemos Ângelo dentro do vestiário. Teve de vir um pelotão de choque da polícia para lhe dar garantia de vida. Que susto tremendo!

O episódio serviu como experiência e amansou nosso pavio curto. Revide na casa do adversário? Tinha-se de pensar mil vezes antes.

De toda aquela região, o Onze Rubros permanecia invicto. Ao término dos jogos, vinham sempre com o ofício para marcar data de revanche. E, justiça feita, de todas as partidas, a mais memorável foi contra o Royal, num domingo cinzento e chuvoso. A região era bem propícia a chuvas torrenciais. O campo estava bastante castigado e totalmente encharcado. Segundo torcedores do local, o clube com o qual jogaríamos havia reforçado o time com quem tinha de melhor na região. O segundo quadro fez, talvez, a melhor partida de sua gloriosa trajetória. Mesmo em condições adversas, aplicou uma goleada de 5 x 1. O herói do jogo foi o goleiro Minhoca. O rapaz era muito alto e esquelético; quem o visse diria que era uma minhoca. Contudo, como pegava! Em dias de chuva, então, virava um monstro. Nós confiávamos muito nele, e isso dava uma tranquilidade imensa ao grupo. O time saiu aplaudido, entusiasticamente, pela torcida adversária, que reconheceu nossa total superioridade. Os adversários mostraram-se educados e dignos.

O primeiro quadro não fez por menos. Embalado pela primeira goleada, bateu o adversário por 3 x 1; não adiantou reforços. Naquelas cidades de interior, a população local dava muito valor a jogos de futebol. Quando apareciam bons times para jogar, dava-se tratamento de celebridade aos visitantes. Geralmente, as partidas também eram transmitidas pelas rádios locais.

NOVOS UNIFORMES

Com a meteórica ascensão do Onze Rubros, a preocupação do Velho passou a ser os uniformes. Tinha de haver variações. Às vezes, enfrentavam-se alguns constrangimentos, em função do traje ser parecido com o do adversário. Sempre os vestíamos, rigorosamente, contrário a outra equipe; e isso mostrava a incrível organização do time. Com toda aquela euforia, a maioria dos moradores do conjunto e os comerciantes empenharam-se em colaborar para a compra de novos uniformes. Criou-se uma espécie de associação, com pagamento de mensalidades; pagava-se de acordo com a situação financeira de cada um.

Basicamente três uniformes foram adquiridos. O principal era composto de camisa vermelha com escudo e números brancos. O calção era azul-rei; havia meias cinza ou vermelhas. O segundo era todo branco com gola, números e escudos em vermelho. O terceiro, de mangas longas, zebrado em vermelho e branco, com golas e punhos vermelhos. Seus calções eram vermelhos ou brancos; e meias, vermelhas ou brancas. Esse último era o que mais chamava a atenção. Quando o time entrava com ele, os adversários ficavam admirados com nossa imponência.

É; aquele time de esquina já tinha adquirido a organização de um federado e começava a pensar grande. Planejou-se até a compra de uma sede e cogitou-se a possibilidade de um campo próprio.

OUTRA EXCURSÃO MEMORÁVEL

Um político influente da cidade convidou o Onze Rubros para participar de um jogo festivo contra o time principal de Casimiro de Abreu (RJ). Aconteceria por ocasião das comemorações pelo aniversário da cidade. O jogo foi aceito com grande honra e euforia, pois tratava-se de uma equipe que disputava o campeonato norte-fluminense. Seria um teste de fogo para o Onze Rubros.

A notícia espalhou-se a tal ponto que um número grande de torcedores manifestou o desejo de ir com o time, a fim de assistir ao jogo. Mas, um ônibus só seria pouco. Resolvemos, então, alugar dois; um para jogadores e dirigentes, e outro para os demais. Ficou decidido que iria um coletivo com os homens e outro, com as senhoras e meninas. E quem queria ir de qualquer jeito? China Maluco. Aquilo causou polêmica e um rebuliço danado. As mulheres não o aceitavam de forma alguma e formaram espécie de comissão, com intuito de barrá-lo. Contudo, os apelos não conseguiram convencer os demais; ele comprometeu-se a se comportar de maneira exemplar. Os que admitiram sua ida sabiam da responsabilidade para com os outros.

Naquela manhã de domingo, dois ônibus partiram cedo, com chuva. Pelas notícias informadas pelo rádio, as estradas não apresentavam boas condições, e a viagem seria com risco. Mas a euforia e a bagunça mascaravam as preocupações. Tudo permaneceu aparentemente calmo e normal. À medida que os ônibus ganhavam a estrada, as chuvas intensificavam, e a visibilidade ficava mais diminuta. Os ônibus alternavam-se na frente e passavam um pelo outro, fazendo delirar a galera.

As brincadeiras e hostilidades, no bom sentido, provocavam mais gritarias. Com todo aquele frenesi e alimentado pela cachaça, o doido do China foi tomado de súbito por sabe-se lá o quê. Subiu no banco do ônibus e arriou as calças. Botou aquela bunda branca para fora da janela, começou a dar risadas frenéticas e a berrar os nomes das senhoras e moças do outro veículo. Principalmente, as de que ele menos gostava, de senhoras, mães de jogadores e algumas namoradas. Santo Deus! Estava instalada a confusão. Jamais vi tanta raiva.

— Parem! Parem os ônibus!

E os dois veículos pararam, logo a seguir. Não foi brincadeira conter a mulherada. Queria esganá-lo, ou deixá-lo ao relento, na estrada. A comissão reuniu-se numa confusão terrível. Por piedade, resolveu deixá-lo seguir viagem. No ônibus dos homens, ninguém conseguia parar de tanto rir. Pior era a cara cínica e imbecil que o China fazia, como se nada tivesse acontecido. O que poderíamos pensar? O rapaz era um verdadeiro louco!

A viagem prosseguiu e, logo à frente, fez-se uma parada estratégica, num daqueles restaurantes à beira de estrada. Faríamos lanches. Na saída, alguns jogadores e torcedores entraram, no ônibus, portando gaiolas com passarinhos. Uns com curió; outros com coleiros; canários-da-terra e vários pássaros silvestres. A pergunta era onde tinham arrumado aquelas aves.

— O dono do restaurante nos vendeu a preço de banana, e não podíamos perder a oportunidade.

Tinham muitos passarinheiros naquela excursão. Achamos normal a explicação e seguimos viagem. A chuva não dava tréguas. Quando nos aproximamos de nosso destino, os ônibus precisaram pegar um pedaço de estrada de barro que, com as chuvas, tornou-se totalmente enlameada e muito escorregadia. Vagarosamente, os veículos passaram por poças, e a instabilidade e os deslizes eram sentidos, deixando-nos apreensivos. Na pior parte da estrada, o ônibus que ia à frente e levava os homens atolou feio. E, por mais que tentasse acelerar, afundava com mais gravidade. Que jeito?! Todos desceram e começaram a surgir as soluções que usávamos para desatolar carroça. Não sei de onde apareceram pás, picaretas e outros artefatos! Tira daqui, bota tábuas e galhos debaixo da roda... E nada! Resolvemos empurrar com todo o grupo. Fomos para trás do ônibus e posicionamo-nos. O lamaçal era tanto que afundávamos os pés acima do calcanhar! Empurra, empurra, e os gritos alucinados do China, com muita força. Até que conseguimos tirar o veículo do atoleiro.

Quando o ônibus foi mais à frente, todos que estavam empurrando ficaram prostrados pela dificuldade de se locomoverem. A lama ia quase no joelho. Infelizmente, ali estava o doido do China. Num movimento abrupto, frenético, ele atirou-se, vindo de trás, como num voo de Ícaro, com os braços abertos contra os que permaneciam em pé. Derrubou uns doze, inclusive eu. A imagem era desoladora; parecíamos homens de barro. O miserável caiu de cara, afundando na lama. Saltamos sobre ele e afundamos o China mais ainda. Virou uma briga na lama. Na verdade, aquilo serviu para animar e tirar um pouco da tensão da viagem. Depois, tivemos de nos lavar num rio barrento e, ainda assim, permanecemos muito sujos.

Na realidade, nós, os brincalhões de plantão, deliciávamo-nos com as doideiras. E, nesse grupo dos barrentos, tinha outros doidos engraçados: Babão, Zarazilha, Neném, Memeco, Paulo Bolinha e Boquinha. Todos eram dignos de estarem internados num manicômio. Eram seguidores do doido maior: China. Não havia culpados; o jeito era aguentar e levar na brincadeira também. Até o Velho, que era carrancudo, esbaldava-se de rir com aquelas loucuras.

Com a proximidade da entrada da cidade, os ônibus foram abordados por dois carros de polícia. Achávamos que iriam nos escoltar até o campo; porém, não era nada disso. O dono do restaurante dera parte do furto dos pássaros, e a polícia — além de pegar as gaiolas de volta — queria prender os larápios de ocasião. Que rolo! Para nossa sorte, o político influente que nos tinha convidado apareceu para mediar a situação.

Segundo os envolvidos no furto, quem dera a ideia de levar os animais fora o maluco beleza do China. Ficou resolvido que, após o jogo, os participantes na história deveriam ir à delegacia, a fim de prestarem depoimentos. A delegação foi recepcionada na sede do clube com um intenso foguetório. Parecíamos grandes autoridades. Havia uma mesa imensa e farta para nós. Tivemos um almoço espetacular, extensivo a todos os participantes da excursão. O cansaço da viagem e as tensões acirraram em muito a fome do pessoal, que não deixou por menos. Come-se com vontade, num clima de descontração e alegria.

Estava tudo calmo e indo muito bem e... descuidou-se do China. Ele, numa atitude incompreensível e inconveniente, subiu na mesa e, em desabalada carreira, percorreu-a duma extremidade a outra. Espalhou os alimentos e, por conseguinte, sujou todos as pessoas à volta. A perplexidade era total! Olhávamos uns para os outros, atônitos. O que falar? Nem Dante poderia imaginar uma imagem dessas para sua Divina Comédia! Depois o levaram para fora do clube. E não foi moleza evitar de darem muita pancada nele. Freud devia tê-lo conhecido, para decifrar aquela mente absurdamente louca.

O campo estava perfeito, apesar das chuvas torrenciais. O estádio revelava-se pequeno e aconchegante. Parecia muito bom, em uma avaliação geral. Estava lotado de assistentes e havia ainda alguns por entrarem. Via-se clima de festa. O segundo quadro e o adversário entraram em campo juntos, com um foguetório ensurdecedor, em clima de emoção. A festa fora bem preparada.

A partida começou com o time adversário pegando firme para intimidar, vindo pra cima. Mas não tinha conhecimento de que aquilo acirrava mais nosso ânimo. O Onze Rubros jogava com mais raça e determinação. Abrimos o placar no finalzinho de primeiro tempo. A segunda parte da partida foi um passeio. Os adversários lançaram-se de qualquer jeito e, nos contra-ataques, fizemos o resultado. Conclusão: vencemos por 3 x 0, num chocolate histórico. Ao deixarmos o campo, ouvíamos os comentários da torcida: "Se o segundo é assim, imaginem o primeiro!" Não podiam imaginar mesmo!

O primeiro confirmou o prognóstico. Levaram outro chocolate impecável de 4 x 1. Nós éramos tão confiantes que, às vezes, confundiam nosso sentimento com soberba. Mas não era. Tínhamos humildade bastante para respeitar os adversários. Porém, o amor pelo time e a raça com que jogávamos diferenciavam-nos das outras equipes.

Eles chegaram a ventilar a possibilidade de o Onze Rubros representá-los no campeonato regional. Na realidade, não haveria a menor possibilidade, pela distância e pelos percalços a serem superados.

Fomos ovacionados pela torcida adversária. E, o mais curioso, as pessoas ficaram tão satisfeitas com nossa atuação e participação ativa na festa que fizeram com que os carros de polícia nos escoltassem até a rodovia principal. E, o melhor: sem a necessidade de os jogadores que furtaram as aves prestarem depoimentos. Que jornada fantástica! Na volta, apesar do cachaçal e dos bagunceiros, não houve incidentes.

PRÊMIO EXTRA

No ano de o Velho, com o intuito de motivar os jogadores, instituiu uma espécie de premiação extra. Criou um troféu no estilo Oscar. Ele seria distribuído aos artilheiros, aos mais eficientes e ao melhor jogador. Valia a premiação para o primeiro e para o segundo quadros. O critério para premiar era definido por uma comissão de dirigentes que dava as notas, após as partidas. E também pelos jogadores.

Segundas-feiras à noite, a esquina tinha uma atração a mais: as notas dos jogadores do jogo de domingo. Elas eram aguardadas com ansiedade, por vezes com excessos. O local lotava. Quando eram colocadas na parede, as discussões tornavam-se inevitáveis. Grupos formavam-se por concordâncias de opinião ou discordâncias. A fofocada era tremenda. E, certamente, alguns defendiam suas preferências particulares de jogadores. Como consequência, formavam-se as famosas panelinhas. O questionamento acirrado das notas deixava o Velho atordoado e possesso. Ele cansava-se de dar explicações das atuações e detalhes do que levara a tais notas. Não era incomum Paulino dar aqueles ataques de pelanca!

O Troféu Eficiência era atribuído aos atletas do primeiro e do segundo grupos que, ao longo do ano, somassem o maior número de pontos. Levavam-se em consideração atuações durante todo o jogo, disposição, técnica, habilidade e pontualidade. Com toda a certeza, essa disputa motivava os jogadores a melhorarem cada vez mais, além de fomentar o desejo de corrigirem seus defeitos. Jogadores que pouco se machucavam levavam uma boa vantagem sobre os outros. A ambição pelo troféu acarretava disputas ferrenhas. Afinal, quem não queria ganhar?

UMA ESCOLINHA DE FUTEBOL

Naquele ano de 1966, um novo movimento surgiu, apregoando outra ideia: fundar um time, também de esquina, com jogadores infantis e infantojuvenis. Serviria como base para o futuro do Onze Rubros.

Com minha participação ativa, fundamos o Peçanha. Até hoje, não sabemos a origem desse nome, nem quem o escolheu. Fizemos uma espécie de agremiação com futebol e outras recreações. Atingiu-se um total de quase 200 associados, incluindo as meninas. Numa eleição direta, fui escolhido para presidi-la. Além de futebol, tínhamos jogos de mesa, vôlei, quadrilha caipira e bloco carnavalesco. Enfim, envolvíamo-nos em atividades tanto esportivas quanto recreativas. Participávamos de festivais de músicas nos colégios e fomos vencedores de alguns.

A agremiação era muito organizada. Pagava-se uma espécie de mensalidade para manter as atividades e também para comprar material esportivo. O mais curioso é que tínhamos uma sede; um barraco, na verdade. Literalmente, um barraco! Localizava-se num terreno baldio, na esquina próxima à do Onze Rubros. Fora construído com tábuas e telhas velhas, jogadas naquele mesmo terreno. Tudo nós guardávamos ali; até dinheiro. E não se teve notícia do sumiço de nada.

Abrimos uma picada no terreno e fazíamos toda a espécie de festividade, inclusive comemoração dos aniversariantes do mês. Impressionantes eram a disciplina, a união e o respeito que tínhamos uns com os outros. As peladas de todos os dias eram em frente ao terreno da sede e, ali, também surgiam talentos que aproveitávamos para o time.

Os pais apoiavam-nos eufóricos e tornavam-se torcedores fanáticos. Formamos uma excelente equipe, pois o conjunto fervilhava em talentos. Como presidente e técnico, e eu já jogava no segundo quadro do Onze Rubros, com 15 anos, não era fácil atuar no meio de maravilhosos talentos.

Escalar um time? Mas era um problema melhor que não os ter... E que timaço de pequenos atletas foi formado! Adquiriu-se o mesmo espírito vencedor do Onze Rubros. Aquele grupo tornava-se uma pequena filial de respeito.

O primeiro jogo de camisas foi doado pelo Onze Rubros. Aquela camisa deixou os jovens atletas honrados e com garra. Nosso maior adversário, como não podia de ser, era o infantil do clube Maravilha. E derrotamos essa equipe na final de um campeonato regional, com reforço de Zico e companhia. Ele já era um talento genial, na época. Apesar de franzino, como jogava bola! Foi nossa maior conquista e serviu para acirrar a rivalidade, tanto de adulto quanto da garotada.

Alguns benefícios foram colhidos daquele movimento. O conjunto residencial, por exemplo, ganhou em muito, pois habitávamos aquele terreno e limpávamo-lo de tal forma que nunca mais se jogou lixo por ali. Mantínhamos equipes de plantão, até de madrugada, impedindo os porcalhões de jogarem sujeira na área.

Nossas atividades contribuíam em muito para encher de mais alegria aquele nosso lugar. O maior beneficiado foi o Onze Rubros, que recebia os jogadores do mirim com mais experiência, já prontos. Vários foram os que fizeram história no Onze Rubros, e também no futebol profissional. Como exemplo, cito Arthur Bernardes, um ponta-esquerda rápido e habilidoso. Tinha uma bela canhota. Foi jogador profissional e, depois, seguiu a carreira de técnico. Treinou vários times de peso do futebol. É... Esse e mais outros vieram da base do Peçanha.

VAIDADES INEVITÁVEIS

Começava a surgir um problema, que tirava o sono do Velho: controlar as vaidades. Jogar no Onze Rubros era um status que todo jogador da redondeza almejava. E alguns deles, os mais marrentos, não conseguiam controlar a vaidade, mascaravam-se e gozavam os que não conseguiam participar do elenco. Por isso, alguns foram dispensados pelos excessos. Afinal, não era propósito do time aquele tipo de comportamento. A humildade era uma das virtudes que o Velho mais apreciava.

Aos poucos, então, foi se conseguindo formar o elenco ideal, com todas as virtudes estabelecidas por ele. Procurava- se aliar técnica, garra, espírito de união e, acima de tudo, disciplina. O Velho buscava sua meta com fervor e paixão. Ninguém melhor que ele tinha condição e competência para formar o grupo com todos esses valores. As laranjas podres, Paulino retirava da caixa, de imediato, a fim de não contaminarem as restantes. Com isso, conseguiu criar um grupo homogêneo.

ALGOZ

Como todo time de futebol, há sempre um adversário que, sem explicação convincente, torna-se um algoz. O time Onze Rubros teve o seu, o Palestrino F.C., da região de Duque de Caxias (RJ). No ano de 1966, ele foi derrotado por 1 x 0. Inexplicavelmente, a equipe jogava mal; não conseguia se encontrar e, não só por isso, o Palestrino, além do bom time que tinha, jogava com uma motivação extraordinária e uma marcação forte. Percebia-se garra na equipe.

Os duquecaxienses sabiam da fama do Onze Rubros e não queriam perder de forma alguma. Na ânsia de vencer, o time atrapalhava-se e errava demais.

O campo do Duque de Caxias era excelente para os padrões da época. Então, dos cinco jogos disputados, amargamos duas derrotas, dois empates e só uma vitória. E esta foi épica, pois se superaram todos os estigmas estranhos e as dificuldades. Teve-se de contrariar a má sorte. Era assim mesmo; não queríamos a derrota como companheira.

VIÇOSA

Para fechar o ano de com chave de ouro, foi marcado outro jogo de excursão. Bedel Peidão era casado com uma mineira de Viçosa. Os dois exaltavam o time local e achavam quase impossível o Onze Rubros derrotar uma equipe de Minas, o Atlético de Viçosa F.C., federado, que disputava o campeonato estadual e alternava-se nas divisões.

A excursão era longa, aproximadamente 12 horas de viagem; por isso, seria cansativa. Isso dava ao adversário um grande trunfo a seu favor. Na verdade, a princípio, o Velho ficou reticente em aceitar o desafio. Mas as provocações de Bedel, da esposa e dos dirigentes do adversário convenceram-no. Comunicaram-se pelo telefone, instigados pelo casal, e também pelos apelos de nós, jogadores. E foi convencido do jogo.

O Velho, como bom atleta, adorava desafios. E aquele era dos grandes! Apenas um ônibus iria. Na manhã de sábado, por volta das 22 horas, partimos, com os jogadores, os dirigentes e uns poucos convidados, considerados os mais ilustres torcedores. Que viagem dura! Na Serra das Araras, o veículo enguiçou, e ficamos horas para outro o substituir. Fazia uma noite extremamente fria e chuvosa. Uma neblina espessa não permitia enxergar coisa alguma. Alguns chegaram a sugerir desistência; mas o espírito de alegria, a euforia e a fúria para o jogo não permitiam essa cogitação, nem de brincadeira.

Um dos incidentes ocorreu por causa de Zarazilha — um dos doidos, discípulo do China. Ele comprava queijo inteiro e cortava em pedaços para vender ao restante do grupo. Colocava o dinheiro no bolso externo da japona. Roubávamos sua grana, sem que ele percebesse, e comprávamos os pedaços de queijo com seu próprio dinheiro. Quando foi contar o lucro, descobriu possuir a mesma quantia. Que rolo! Queria brigar, por ter passado como otário. Mas tudo seguiu num clima de brincadeira e divertimento. Assim o tempo foi passando, sem traumas para o grupo.

Já se supunha que a chegada à cidade dar-se-ia quase na hora do jogo. E a previsão confirmou-se; descemos do ônibus por volta de meio-dia. A primeira partida estava marcada para duas e trinta. Justiça seja feita, fomos recebidos com gentileza e honras. Maravilhosamente bem. Almoçamos num grande restaurante por conta do adversário, em clima de confraternização. Logo depois, fomos para o estádio. Era pequeno, mas bonito e bem tratado. O campo era perfeito, e isso, para quem joga bola, é o céu. O jogador já imagina a bola rolando redondinha no chão, perfeita, rente à grama, sem se desviar. É um prazer inexplicável e dá uma tremenda motivação!

Foram dois jogões, dignos de uma final de campeonato. A valentia com que se disputava a bola fazia a torcida, que lotava o estádio, delirar. O alambrado próximo ao campo e a gritaria da torcida deixavam-nos tontos. As pessoas atiravam bola de papel e copo com água, provocando-nos com as célebres frases: "Cariocas vagabundos!"; "Macacos!". E mais outras barbaridades. Ao contrário do que pensavam, aquilo tudo nos motivava mais, e não nos intimidamos. Partimos para cima deles com todo o cansaço e vencemos um dos jogos; o segundo quadro ganhou de 2 x 0; e ocorreu o primeiro empate de 1 x 1, com um gol muito duvidoso deles. Daqueles roubados mesmo.

Ao final, a torcida adversária manifestava-se num misto de raiva e reverência. Nós, jogadores, dirigentes e a pequena torcida abraçávamo-nos emocionados; alguns até choravam. Fora uma grande conquista! Ela fez bem aos nossos egos; o que nos incentivou a prosseguir com o time de esquina. Imaginávamos que outras conquistas estavam por vir.

A volta, de início, foi com toda aquela bagunça e comemoração. O farnel comeu solto com muita bebida. A gentileza dos mineiros foi a tal ponto que nos encheram de sanduíches e de outros petiscos. Porém, a viagem era muito longa. O cansaço extremo derrubou-nos e dormimos até seu fim. Chegamos ao Rio às seis horas da manhã de segunda-feira. A grande maioria dos viajantes foi direto para o trabalho e para o colégio. Contudo, a emoção animava-nos, pois tudo tinha dado certo.

Imaginem os comentários da esquina naquela noite...

Quase todos os jogadores receberam nota dez.

UM BELO ENCERRAMENTO

A festa de encerramento do ano de foi uma das mais maravilhosas! Realizou-se a famosa disputa casado contra solteiros. Que rivalidade! Infelizmente, contudo, era um dos poucos eventos que geralmente não terminava bem, ali no conjunto de Quintino. A confusão era grande, pois perder, ali, era motivo de gozação durante a festa inteira, depois dos porres. Alguns não se controlavam, e excessos aconteciam. Mas nada que tirasse o brilhantismo da disputa. O famoso churrasco com pagode e muita MPB, prática tradicional dos times de pelada, também era realizado.

Primeiramente, na festa, dava-se a entrega dos troféus. Fui o vencedor do de eficiência do segundo quadro, enfrentando uma disputa acirrada, palmo a palmo, com Ivan Pelé. Tanto ele quanto eu tínhamos tido contusões graves durante o ano; por isso, o justo seria troféus para os dois. O prêmio de artilheiro do segundo grupo foi de Raul, um centroavante habilidoso e artilheiro. Como não podia deixar de ser, nosso maior craque era Nei Garfo, vencedor do de eficiência do primeiro quadro. Dante, meu tio, recebeu prêmio como artilheiro.

Ano bendito, que fechamos com muito garbo e empenho.

A trajetória vencedora do Onze Rubros seguiu no ano seguinte, e mais intensamente. Serviu para consolidar ainda mais o grupo. Alguns jogadores do segundo quadro já se faziam presentes no primeiro. Em consequência de jogadores com idade mais avançada estarem se aposentando das quatro linhas, e não mais conseguirem manter a forma física desejável, o Velho começou a se desesperar com as aposentadorias precoces. Ele negava-se a conviver com essa realidade. Sua personalidade passional e de apego abatiam-no e, por vezes, deixavam-no depressivo. Ficava por horas pensando, na mesma posição, agachado. Como se só seu corpo estivesse ali. Todavia, a vida precisava continuar; e o time também.

A base da maior formação que o time teve consolidou- se em 90% (noventa por cento). Uma defesa espetacular, Charles, goleiro, chegou. Era aquele mesmo do nosso time de guris e do Peçanha. Ele nasceu goleiro; tinha o dom nato e o destino de goleiro. E que competência!

Jorge Crioulo, lateral direito, era técnico, habilidoso e de canela fina. E como batia! Quatro zagueiros revezavam-se, e todos de alta técnica. O primeiro era Ávila, daqueles que raramente vemos nos dias atuais; era clássico e de toque refinado. Na cabeça, era um mestre. O outro era Ademir, ex-Maravilha. Milled era o quarto zagueiro, de um metro e noventa e dois; tornou-se nosso batedor oficial de faltas, e como fez gol assim! Tinha uma canhota poderosíssima e chegou a quebrar a mão de um goleiro com sua potência. Polaca era outro zagueiro; tinha sido recentemente promovido do segundo quadro. E que zagueiraço! Era técnico, vigoroso, seguro e tenaz. Batia também, daqueles que, quando o centroavante partia para área, pensava duas vezes. Tinha estilo xerife. Fio era lateral esquerdo. Alto, fisicamente bem definido, era habilidoso e possuía uma técnica invejável. Que força física e fôlego incansável! Seu futebol era comparável ao do Júnior, jogador do Flamengo e da Seleção brasileira.

Os reservas, que ainda estavam em formação, eram de qualidade equiparada aos titulares. A média de altura de toda a defesa regulava em um metro e oitenta. Ou seja, estávamos dentro de um padrão excelente.

Nosso meio de campo também era bem formado. Tínhamos Ricardo (irmão de Milled); habilidoso e preciso nos passes. Seu físico obeso não o ajudava. Mantê-lo era um problema, pois era o maior encrenqueiro de que se tem notícia. Em todos os jogos, ele arengava com os adversários. Era confusão com juiz, com adversários e também com o próprio time. Era debochado e soberbo; 'sujo', na linguagem futebolística. Gostava de enfiar o dedo no ânus do adversário, fingia cheirar e mandava-o lavar a bunda. Cuspia na cara também. Se o adversário caísse, dava a mão para levantá-lo e, quando o outro já estava quase em pé, soltava, fazendo-o ir ao chão novamente. E, como sempre, o jogador caído levantava enfurecido e esbravejando. Ele oferecia o dedo mindinho e dizia: "Quer trocar de mal?" Quantas confusões ele arrumou; não só dele como também de outros. Era outro que despertava amor e ódio. Mas o Velho adorava-o, e os dois eram muito amigos.

Nei Garfo. Magnífico. Bom, ele dispensa comentários. Tornou-se o maior craque do time. Té já pertencia a nosso time de guri. Isso já define suas boas qualidades. Só tinha um problema: era fisicamente frágil e dificilmente conseguia jogar os dois tempos. Tinha pouco fôlego. Alternava entre o primeiro e segundo quadro, de acordo com o adversário. Havia também Ângelo, meu irmão, marcador implacável. Era seguro, técnico, habilidoso e de fôlego privilegiado, como toda a família. Sempre ficava na linha de frente.

Dante sempre foi o grande artilheiro. Celso, centroavante, tinha estilo Jairzinho, Furacão da Copa. Era tinhoso e de muita raça. Medo de cara feia, nem pensar! Fazia muitos gols de oportunismo. Xerém havia sido promovido; era habilidoso e técnico. Tinha uma canhotinha enjoada e chute forte. Sua altura esguia ajudava-o muito. Adorava uma encrenca e, por vezes, seus nervos traíam-no. Ele e o Velho nunca se deram bem; eram dois carne-de-pescoço. Esse jogador também se alternava entre o primeiro e o segundo quadros. Na verdade, nosso técnico montava a equipe de acordo com os adversários, variando de três ou dois atacantes.

Nilsinho (ex-Maravilha) era um ponta hábil e de extrema velocidade. Não se sabia ao certo se era destro ou canhoto. Usava as duas pernas com perfeição. Chutava forte e cruzava com precisão.

Das vitórias mais expressivas do ano, guardamos duas, tanto do primeiro quanto do segundo grupos. Uma delas foi contra o time que revelou Garrincha, da cidade de Pau Grande (RJ). O time, pelo menos naquela época, não correspondia à fama. Mostrava-se fraco e desorganizado. Seu campo era bastante maltratado. Enfim, notava-se descaso com a cidade e com o clube que revelara um dos maiores mitos do nosso futebol. Assim, foram batidos com facilidade.

Vencemos duas vezes o time do São Jorge, de Quintino, pertencente à família Antunes. E que timaço! Ah, houve vitória também em cima do Juventude.

ANO DOURADO E BENDITO

1968. Início da grande trajetória dourada daquele time de esquina, e também as maiores tensões contra seu maior rival, o Maravilha. As provocações seguiam-se sem limites, a cada vitória do Onze Rubros, com a passagem do lotação de Seu Ari em frente ao campo do adversário, justamente na hora em que jogava. Era aquela algazarra, soltando foguetes por mais uma vitória na casa do clube rival. Isso os desesperava. Eram tensões de uma grande guerra iminente. Nós, jogadores, também perturbávamos o Velho. A resposta sempre era a mesma: "Eu que sei a hora exata de enfrentá-los".

Paulino, jogador inveterado, era um apostador compulsivo e jogava no bicho; de manhã e à noite. E também nas corridas de cavalos. E era craque de sinuca; passava horas na mesa. Adorava jogo de cartas — ronda, sueca, buraco e tranca. Enfim, tudo a valer grana. Para apostar no bicho e em corrida de cavalos, tinha de fazê-los em frente ao campo do Maravilha, pois o banqueiro era patrono do time. Ele fazia o trajeto e tinha de aturar as gozações e os desafios maldosos dos jogadores de lá. Perdi as contas de quantas vezes o vi esbravejando com ódio, dizendo: "A hora deles vai chegar!".

No Carnaval daquele ano, o Velho e os dirigentes do Maravilha fizeram uma espécie de acordo conciliatório. O objetivo era aliviar as tensões e aproximar os times; ou seja, dar uma trégua. Fizeram uma batalha de confete em sua sede, denominada "Batalha da Paz". Jogadores, dirigentes, irmãs, namoradas; todos encheram o salão.

O grupo dos participantes e torcedores do Maravilha mantinham-se de um lado; e, do outro, o pessoal do Onze Rubros. O clima estava esquisito, de animosidades latentes. Algo de muito estranho pairava no ar. Os risos eram forçados; e os cumprimentos, insinceros. A orquestra começou o baile. Todos brincavam, pulavam e tentavam, da melhor maneira, disfarçar as tensões.

No meio do baile, não sabemos por que cargas d'água, algum gaiato apagou a luz do salão. De repente, uma escuridão medonha. No mesmo instante, instalou- se a confusão. Correria, empurra-empurra e gritaria. Principalmente das mulheres. Quando as luzes acenderam- se, alguém estava caído no chão. Era o Jacaré. Não sabíamos o motivo desse apelido, pois era baixinho, franzino, andava com peito estufado e era folgadinho. Quando bebia, ficava mais folgado ainda. Mais parecia um "siri sem tampa", ou mesmo, um galinho garnisé. Jogava bem. Era um ponta habilidoso e rápido; porém, azarado. Em toda a confusão, o primeiro a levar a pancada era ele.

Uma vez, num jogo do primeiro quadro, em Pedra de Guaratiba, uma briga aconteceu por causa de Ricardo. Confusão generalizada. Um torcedor entrou com um tronco de árvore na mão e, correndo igual a um alucinado, atravessou o campo. Desferiu um golpe na cabeça de quem? De Jacaré, é claro! O melado correu, e ele ficou desacordado por um bom tempo. Era também metido à valente, um contraponto à sua estatura. Outros incidentes aconteceram com ele. Coitado, como apanhava!

Bom, voltando ao baile... A batalha de confete terminou ali mesmo, depois de a turma do "Deixa disso" intervir. A guerra estava, abertamente, declarada. Só faltava marcar o dia do jogo-batalha.

1968 foi um ano de muitas revanches. Voltamos a jogar contra os times de Barra Mansa, Barra do Piraí, Baixada Fluminense, Irajá, Jacarepaguá e de Magé (RJ). E vencemos todos. A invencibilidade do Onze Rubros era mantida com unhas e dentes.

Nessa etapa em que estávamos, nosso algoz Palestrino também foi batido. Foi um jogo tremendo! Quando chegamos ao campo, sentimos a soberba do adversário. E a partida foi dureza. A bem da verdade, eles eram algozes só de nosso primeiro quadro, pois o segundo já os tinha vencido e, nesse dia, vencemos de novo. O primeiro foi um jogo com muita catimba e marcação. Caía uma chuvinha fina e enjoada. O gol que seria da vitória saiu logo no início. 1 x 0. Parecia um pesadelo sem fim. Não foi mole segurar o placar. Porém, estava escrito que, um dia, não teria jeito, e eles foram vencidos; o time jogou o inimaginável. A escrita foi por terra.

Enfim, escrevíamos, definitivamente, nosso nome nos ninhos dos melhores times de várzea da época. Sem exageros, o time permanecia invicto.

A GRANDE BATALHA

Naquela segunda-feira, primeira do mês de agosto, de 1968, a esquina lotou mais do que de costume. Paulo Velho vivia uma de suas crises passionais. Acabara de vir do bicheiro, após suas corriqueiras apostas. De maneira estranha, murmurando palavras incompreensíveis, gesticulava bastante. Com passadas apressadas, quase corria. Pisava forte, como se estivesse marchando. Pensamos nós: "Deve ter perdido uma nota".

Ao chegar à esquina, repetia várias vezes a célebre frase de Churchill, da Segunda Guerra Mundial: "A sorte está lançada.". Carregava sua entonação de raiva, rancor e desejo de vingança. Ele não aguentava mais ouvir gozações provocativas e chamarem-nos de covardes. Entreolhamo-nos em profundo silêncio e aguardamos o desfecho da cena. De repente, ele sentenciou:

— Marquei o jogo e já assinei o ofício. — Falava com um pouco de insegurança.

Não era preciso, naqueles tempos, assinar. Palavra e fio de bigode valiam mais que qualquer papel assinado. E continuou:

— Será no feriado de Sete de Setembro. Dia também da nossa independência.

E um silêncio de preocupação e receio surgiu em cada um de nós. Sabíamos que iríamos enfrentar um time fortíssimo, de valores excepcionais e que estava acostumado a participar de decisões. Há muito, o clube não tinha um time tão bom. E mais: lá jogava o Nunes, aclamado nas redondezas, por unanimidade, como melhor jogador do lugar! E era mesmo. Desses que só vemos de tempos em tempos. O Velho sentiu nosso ar de preocupação e foi logo falando:

— Vamos pro jogo e vamos ganhar. Não existe alternativa.Temos que ganhar e ganhar!

Ele sabia como ninguém motivar e encorajar um time. No mesmo momento, a esquina encheu-se mais ainda. E os comentários começaram a se espalhar em grupinhos formados. A partir daquele dia, e até o momento do jogo, só se falava nisso. Durante peladas, nos bares, nos mercados, o assunto tornou-se um vício doentio. "Eles vão jogar assim..."; "Tem de marcar fulano; é ele que distribui a bola.". Ouvia-se um misto de alguns bons comentários e bobagens extremas.

Nós, jogadores, carregávamos uma responsabilidade imensa e pesada. Todos sabiam que o jogo era vital para as equipes. Quem perdesse teria vida curtíssima.

Aquele Sete de Setembro amanheceu sinistro; muito esquisito. O vento soprou muito forte toda a madrugada e continuava soprando cada vez mais intensamente. Estávamos no fim de inverno e no início de primavera. As mudanças climáticas são abruptas, nessa fase. Aqueles assobios, quando o vento cortava os grandes corredores que separavam os prédios, incomodava e trazia um ar de mau assombro. Macabro... A noite foi longa e cansativa. Da mesma forma que acontecera comigo, os demais jogadores também não dormiram. Era vencer, vencer e vencer.

Aos poucos, a esquina foi enchendo de gente. Pouco nos falávamos. Não se tinha muito assunto para comentar. Bastava esperar a hora do jogo e resolver a questão há tanto pendente. Lembro que falei com o Velho que odiava jogar com vento, pois desviava a bola, prejudicando o time mais técnico. E ele respondeu:

— Chico, o vento está soprando para o lado deles e levando toda a má sorte para o lado de lá. Não se incomode; ele vai parar na hora do jogo.

Foram palavras proféticas. Dito e certo. Entre o meio-dia e uma hora, o vento parou. O céu nublou e escondeu o sol. Formava-se uma tarde ótima para jogar futebol. A vitória do segundo quadro era esperada, com certeza. A invencibilidade tranquilizava-nos.

Vestimo-nos e fomos para o campo. Arrastamos uma pequena multidão de torcedores conosco. Ao chegarmos, tivemos uma visão jamais vista: o lado direito, próximo à chácara, mostrava-se totalmente tomado pela torcida deles. Atrás dos gols, estava lotado também, de uma torcida mista. Nossos fãs ficaram à esquerda, onde um córrego estreito margeava o muro de divisão do campo com moradores de uma vila. Havia ali um misto de água limpa e dejetos despejados pelos moradores. Na maioria, torcedores do adversário.

O jogo atraiu fanáticos por futebol de todas as localidades. Devia haver umas cinco mil pessoas, aproximadamente. Para um campo de várzea, era um fenômeno! Um cenário para uma grande batalha vital!

O Maravilha entrou em campo sob um foguetório absurdo, e ficamos surpresos com o segundo quadro escalado por eles. O técnico pegara os reservas do primeiro e enxertou-os com mais alguns jogadores amadores que tinham fama na época, vindos de outros times da redondeza. Ou seja, gente que foi emprestada a eles. A escalação demonstrava que estávamos encravados, não só na goela deles, como na desses outros times também. Vida ou morte!

Porém, de nada adiantou. Levaram 3 x 0. Mas poderia ser de seis, tal a superioridade do Onze Rubros. Demos show de bola; histórico. Com "olé" e jogadas de malabarismo. Tínhamos jogadores abusados e estilistas. Deu no que tinha que dar. Até pênalti inventado Minhoca pegou. A torcida deitou e rolou.

Todavia, o primeiro quadro foi o que se esperava; dureza demais. Trata-se de dois times de alta técnica. Jogo truncado, marcado; mas, de passes precisos. O Velho optou por lançar o Paulo Bitate — ex-Maravilha — na lateral direita. Era irmão de Nunes e de Demar, outro centroavante maravilhoso. Toda a família era de boleiros; pai, tios e sobrinhos, um ninho de craques. Bitate não era de muita técnica. Vigoroso, veloz e forte. Por vezes, muito sujo e batia até no vento. O Velho sabia que os deixaria com raiva por causa daquela escalação. Então, deslocou Jorge Crioulo para o meio, pois era um marcador implacável e carrapato. O jogo desenrolou-se com os times parelhos; uma partida bastante equilibrada.

Aos quase 30 minutos do primeiro tempo, numa bobeada com Nunes, ele marcou o primeiro gol e fez explodir a torcida do Maravilha e um foguetório ensurdecedor. E já começaram as gozações de praxe. O time do Onze Rubros não se abateu; tinha muita experiência e foi tocando o jogo com paciência. Aos 38 minutos, nosso Nei pegou uma bola e enfiou para Ricardo. Ele fez a parede, contendo o zagueiro dentro da área, deu um leve toque e suspendeu para fazer o passe de chilena. Mas Becão, inconsequentemente, deu-lhe uma rasteira por trás. Pênalti, claro! Para variar, Nei bateu e empatou. Que loucura! Aí, a guerra das torcidas foi um escândalo. Provocações mil. O primeiro tempo terminou em 1 x 1.

Na preleção do Velho para o segundo tempo, houve algumas mudanças táticas. Ele batia sempre na mesma tecla:

— Vamos pra cima deles. Temos de ganhar o jogo.

O time entrou dominando o adversário e com uma marcação implacável. O gol amadurecia; o domínio era latente. Aos 28 minutos, Paulo Bitate escapou pela direita e, quase da linha de fundo, cruzou para área. A bola veio relativamente alta e seria para o cabeceio. Porém, Dante surpreendendo a todos e saltou muito alto. O goleiro do outro time não conseguiu cortar o cruzamento e errou a bola. Dante, confundindo-o, de chapa do pé direito, jogou a bola no ângulo. Um golaço pela dificuldade da jogada! Jamais esquecerei aquela comemoração... Os torcedores abraçavam-se, jogando-se no chão. Imaginem! China Maluco gritava sem parar. As pessoas deixavam o time e a torcida do Maravilha atônitos, sem rumo.

O jogo seguiu como um massacre ou um rolo compressor. A iminência de três ou quatro gols era questão de tempo. Por volta dos 40 minutos, o Onze Rubros deu novo “olé” e tocou a bola com maestria. O time adversário mostrou- se entregue e perdido. Só se esperava o apito final e sair para os abraços. Um jogador nosso, então, foi bater um lateral próximo à torcida adversária. Um dirigente deles, numa insanidade sem precedentes, deu-lhe um soco; e um torcedor, na empolgação, jogou-lhe uma pedra. Que confusão! Outro insano puxou o revólver e deu um tiro para o ar. Uma correria desenfreada de torcedores sem direção foi iniciada. Todos buscavam abrigos.

Mas onde encontrar? Armou-se todo o esquema para um conflito e, caso se concretizasse, teria consequências trágicas. Ainda bem que alguém raciocinou e tomou uma atitude de bom senso.

Milled, zagueiro que impunha respeito com seu tamanho e que fora jogador do Maravilha, mantinha boa amizade com Jair Gaguinho, banqueiro, patrono do time e Coronel do lugar. Os dois entraram num acordo e resolveram encerrar o jogo, por total falta de segurança. Era nocaute técnico; mais vergonhoso que o chocolate que estavam levando.

Essa foi uma vitória histórica, a ser ainda contada durante várias gerações. O Velho estava vingado; e nossa alma, lavada. Vê-lo feliz era nossa maior felicidade!

O bloco que se formou até o conjunto foi imenso. O Carnaval varou a madrugada; só comparado às comemorações da conquista do tricampeonato mundial de 1970. Pela primeira vez, vimos Paulino chorar de emoção ou, quem sabe, de alívio. Ele gostava de se mostrar durão, mas aquela era uma emoção mágica e por demais especial. E não parou ali; comemorou-se durante vários dias. A gozação contra os derrotados também foi pesada. Eles até evitavam os possíveis encontros casuais, esquivando-se, durante um bom tempo.

Era hábito do Maravilha, sempre que ganhava, soltar fogos. Dali pra frente, quando isso acontecia, a turma da gozação gritava: “Essa pólvora está com cheiro de Sete de Setembro!”. Só de ouvir a frase, os jogadores desse clube ficavam constrangidos e envergonhados.

A GRANDE CONQUISTA

Para coroar o mês de setembro, recebemos a visita de dois dirigentes do E.C. Jardim Novo de Realengo. Eis uma visita surpreendente. Os dirigentes chegaram e perguntaram por Paulo Velho. Queriam conhecer a sede de nosso time. Bom, o Velho estava ali, e a sede também: a esquina famosa do conjunto! O dirigente ficou pasmado ao confirmar o registro de time de esquina. Parecia não acreditar. Diante da organização do grupo, aquilo não se mostrava possível. De repente, um dos dirigentes disse:

— A minha vinda é para convidar o Onze Rubros pra participar de um pequeno campeonato envolvendo dez times de várzea, aqueles que consideramos os melhores. O campeonato terá patrocínio da Confederação Nacional dos Desportos — CND.

O grupo regia todas as entidades desportivas do Brasil, inclusive a ex-CBD; atualmentete, a CBF. O troféu levaria o nome de seu presidente na época: "Troféu Eloy Menezes". Sem pestanejar, foi aceito o convite. Um desafio daqueles era exatamente do que o time precisava.

O Jardim Novo estava com o Onze Rubros entalado na garganta. Para a disputa do campeonato, então, reforçou o time com jogadores da seleção do Exército e outros afamados da redondeza.

E o campeonato, por sinal, fora bem organizado. Nem em imaginação o time da casa cogitava perdê-lo. Seus troféus eram grandes e lindíssimos, revelando um belo trabalho artístico, desses que não vemos mais nos dias atuais.

Os jogos eram aos domingos, pela manhã e à tarde. E foram eliminatórios, escolhidos em sorteio. Os cabeças- de-chave, como não podiam de ser, seriam Onze Rubros e Jardim Novo. Propositalmente, desejávamos essa final. Os times do primeiro e do segundo quadros foram passando pelos adversários como uma locomotiva. Não foi com tanta facilidade, mas a força e a obstinação das equipes levaram-nos à final.

E chegou o dia da grande disputa. As duas equipes abandonaram a gentileza inicial, e deixamos de lado o espírito de confraternização com que nos trataram. O ambiente era hostil e pesadíssimo. A princípio, não nos sentimos bem. Mas era decisão, e não podíamos esperar outro tipo de comportamento. Desistir nunca!

O jogo do segundo quadro foi um terror; um prenúncio do que poderia acontecer. 90% dos jogadores que compunham o primeiro quadro do Jardim Novo, que perdera de 1 x 0 para o nosso, disputariam pelo segundo, naquela final, além de mais outros jogadores amadores cascudos, os já famosos nos campos de várzea. Inclusive alguns que tinham participado do campeonato em outros times. Eles escolheram, a dedo, os mais sujos.

Não vimos, em outros campos, nada parecido; nada que se comparasse às hostilidades daquela torcida que lotava em volta do campo. Eram ameaças veladas. Na beira do campo, não existia alambrado, e isso era preocupante. Muito preocupante! Lembro-me de uma pessoa que suspendeu a camisa e mostrou-me o revólver de forma ameaçadora, quando fui bater o lateral. E gritavam nos nossos ouvidos: "Vão morrer!". Enfim, o time e a torcida deles não nos deixavam jogar. Além disso, aconteciam faltas violentas e absurdas, tendo a conivência do juiz.

Éramos muito jovens. Tínhamos a certeza de que, se ganhássemos o jogo, as consequências seriam imprevisíveis, tal a ferocidade com que disputavam a bola. Dizem as más-línguas que alguns estavam maconhados. Pareciam mesmo; tinham olhos vermelhos e esbugalhados.

Cinco dos nossos jogadores, literalmente, botaram o galho dentro e deixaram a responsabilidade pesada em cima de outros, que sempre se mostraram valentes em qualquer situação. Como o juiz roubava e invertia as faltas, travava nossos ataques com faltinhas bobas. Um absurdo! Sem contar que anulou um gol lícito. O resultado não podia ser outro; perdemos, de 3 x 0, não só a taça como também uma grande invencibilidade.

Vendo toda aquela covardia, o Velho, cinco minutos antes de acabar o jogo, tirou nosso time de campo e, gritando, disse:

— O nosso time não é de moleque, nem de marginais. É formado por pessoas de bem. Se quiserem nos ganhar, tem de ser no campo, e jogando bola.

Ameaçou não jogar com o primeiro quadro. Paulino sentia-se culpado, pois uma das causas também da derrota fora ele enfraquecer o time, promovendo, em definitivo para o primeiro quadro, quatro jogadores importantíssimos: Polaca, Té, Xerém e Ivan Pelé. Esse último era um negrinho magro e esguio. Elástico e de canelas finas; valia-se bem delas. Tinha muita técnica e era um tremendo ladrão de bola. Marcava com perfeição e adorava tirar a redonda fazendo espaguete, um passe de balé. Por vezes, tomava umas broncas do Velho. Gostava de fazer umas firulas, que o irritavam e aos próprios jogadores do time. Os adversários também não gostavam, pois encaravam como deboche. Essa elasticidade tinha a ver com o samba. Ele, eu e o Rui éramos passistas da Império Serrano; nossa escola do coração e também do Velho.

O General Eloy Menezes, imposto pela Ditadura Militar, que estava no auge, e os dirigentes do Jardim Novo foram acionados. Intercederam e, com custo e garantias de segurança, convenceram o Velho a participar do jogo principal. E isso ajudou em muito o primeiro quadro. Algumas providências de precaução foram tomadas, como afastar um pouco mais a torcida da beira do campo.

E o jogo do primeiro começou. Lá e cá, maravilhoso! Cada lance, cada detalhe não dava para ser perdido. Atenção total. Até lateral. Parecia que a torcida estava acompanhando jogo de pingue-pongue. Havia muitas jogadas disputadas. Todavia, sem violência. Era apenas alta técnica. O menor furo, e tudo se perdia!

Pelo conjunto e entrosamento maior, o Onze Rubros levava ligeira vantagem e, aproveitando-se disso, abriu o placar, numa jogada sensacional e precisa. O time adversário ficou desestabilizado e nervoso. O primeiro tempo terminou assim; 1 x 0. Reiniciada a partida, como era de se esperar, os adversários vieram para cima com tudo. Porém, mais no ímpeto e ajudados pela torcida. Mais na força do que na técnica. As estocadas do Onze Rubros, nos contra-ataques, eram perigosas. Podíamos ter ampliado o placar por diversas vezes, pois não faltaram oportunidades. Diz o dito mais elementar do futebol que "Quem não faz leva". Assim, aos 36 minutos, eles empataram, numa jogada de escanteio. Falha infantil, de pura desatenção. Os dois times, com receio de perderem o jogo, deixavam o tempo passar. Quando da posse de bola, tocavam de um lado para o outro, não se arriscando ao ataque. E terminou empatado. Por isso, partiu-se para a decisão por pênaltis. Contudo, aconteceu o fato mais histórico, inusitado e marcante de toda a trajetória do Onze Rubros. Ou, quem sabe, de toda a história épica dos maravilhosos times de várzea.

Os pênaltis eram batidos em séries de três, pelo mesmo batedor. Exatamente, como nos campeonatos profissionais. Pelo Onze Rubros, como não podia deixar de ser, o extraordinário Nei Garfo. Pelo adversário, o maior craque, um jogador meia-esquerda, de camisa dez. Espetacular, jogadorzaço! A torcida ficava ao entorno da linha da grande área. Porém, sem respeitar, aproximava-se e fazia um funil, da marca do pênalti ao gol. Na hora que o batedor adversário iria bater, as pessoas gritavam e lançavam bombinhas. E era um buzinaço de enlouquecer. Tinha de ser ter nervos de aço.

O Jardim Novo começou a série e marcou os três gols. Nei não fez por menos; empatou. Ele estava com uma cor que, de tão branco, o homem parecia amarelo. Ou melhor, víamos Nei assim, devido ao entardecer e a pouca luz.

Prosseguiu-se com os pênaltis, alternando-se apenas a ordem do batedor. Pasmem! Na 11ª série, isso mesmo, décima primeira série, na vez de Nei, ele não decepcionou. Bateu os três do mesmo modo. Coisa impressionante! Tem que ter muita técnica e precisão para fazer isso. A bola vai forte e quase rasteira, a menos de um palmo do goleiro, no seu canto esquerdo, ele marcava. 33 pênaltis batidos do mesmo modo! Digno do Guiness. Mas ninguém filmou. Ficaram, porém, o registro e o testemunho de quem viu. No futuro, será que vão acreditar numa marca dessas?!

Antes da série do adversário, que também batia bem, apesar de alternar os cantos, Nei chamou o goleiro Charles e cochichou algo com ele. O adversário fez o primeiro. Fez o segundo. E, no terceiro, quando correu para a bola, Charles balançou o corpo como se fosse para o lado esquerdo; o batedor foi na onda e chutou no lado direito. Num voo espetacular, esticando-se todo, num esforço titânico, Charles fez a defesa. A taça era nossa!!! Via-se a amargura e o choro estampados em cada rosto dos que torciam pelo Jardim Novo.

Eis uma lição que jamais esqueceriam. O prêmio ia, com certeza, para o melhor, que enfrentara seus adversários com lisura e futebol impecável. Prepararam toda aquela festa para vencerem. Porém, no seu caminho, tinha não uma pedra, mas um pedregulho! Aquele time de esquina, que tinha a saga de vencedor, nascera realmente para vencer. ONZE RUBROS A.C.!

UM JOGO DRAMÁTICO

Como jogo de encerramento do ano de 1969, fez-se uma disputa contra o Vista Alegre F.C, um time que já tinha sido derrotado duas vezes pelo Onze Rubros. A partida teve um desenrolar dramático, não só pelo relaxamento natural dos jogadores como também pela soberba e pelo mascaramento.

O segundo quadro passou tranquilo, com vitória fácil. O primeiro entrou sonolento e em clima de "já ganhou". Os 45 minutos iniciais foram desagradáveis, e o time levou de 2 x 0. Nem os adversários acreditavam no placar! Que bronca do Velho no vestiário! Ele espumava de tanta raiva e gritava tanto que sua rouquidão fazia-o perder a voz. Como os jogadores jamais tinham visto.

Então, Paulino decidiu fazer algumas modificações. Colocou Ângelo fechando mais o meio-campo. Quando reiniciou partida, por mais que o time atacasse, o gol não saía. Alguns jogadores, em desespero, choravam. Afinal, estava em jogo a invencibilidade de um ano e meio. Mas a tenacidade do time não era de brinquedo. Abater-se, jamais! Entre os 30 e 40 minutos, num chute de Ângelo, da intermediária espetacular, a bola entrou no ângulo. 2 x 1. Aí, o bicho pegou! O jogo era da intermediária deles para lá. Defendiam-se, como podiam; chutavam e jogavam a bola para fora do alambrado. Estavam levando, ao pé da letra, a bola pro mato. E quantas viessem, e a toda a hora. Num milagre daqueles que só acontecem aos vencedores, num bate e rebate, aos 45 minutos, Nei, num mau rebote da defesa, deu um biquinho no canto. A bola entrou mansamente no único espaço que dava; 2 x 2.

Todos se abraçaram, chorando muito. Estava salva a invencibilidade. Ainda bem que ninguém sofria do coração!

Falar o que das festas? Todos podem imaginar...

O COMEÇO DO FIM DE UM GRANDE TIME

Como previsto, o Maravilha perdeu as forças e foi se acabando. Seus melhores jogadores debandaram para outros times e para o Onze Rubros. Aproveitando-se desse momento, nosso clube convidou os melhores: Nunes (o cobrão), Demar (centroavante), Celsinho e Zé Luiz (meios de campo maravilhosos). Juntou-se a fome à vontade de comer e virou covardia! Acrescentou-se ao elenco o Wanderley. Isso mesmo, o Luxemburgo. Na época, ele jogava nas divisões de base do Flamengo. E é impressionante vermos seus comandos às equipes, hoje; é como se víssemos o Velho. Parece que o incorporou. Tem pulso forte, disciplina, pegada, liderança e união. Jogador marrento não se cria com Luxemburgo; se não trabalhar duro, está fora. Dizia o Velho: "Futebol é simples.". Claro, para quem enxerga. O esporte também é juventude e para macho.

Na concepção de Paulino, a juventude poderia estar dentro de um jogador mais cascudo, desde que ele corresse e acompanhasse as jogadas, de igual para igual. Falava também que jogador de futebol era pior que mulher: "Se deixar ele montar, nunca mais você pega as rédeas e vira bagunça.". Quem convive com o Wanderley sabe que é assim que ele pensa também.

OPORTUNIDADES

No segundo quadro, jogadores da base do Peçanha tiveram sua vez. Beto, meu irmão, era um ponta rápido, driblador, veloz e fazia muitos gols. Tinha o dom parecido com o do tio Dante. A família estava completa no time.

Marquinhos firmou-se como excelente jogador. Era veloz, habilidoso e técnico. Jogava também no juvenil do Vasco. Era artilheiro. Edson, um canhoto habilidoso. Ainda se contava com os zagueiros Zé Nilton, Rui Babão, Fernando e outros mais.

A motivação estava renovada, mantendo-se a excelente qualidade do segundo quadro. Aquele era, realmente, um laboratório para o time principal.

Contudo, noivados, casamentos e aposentadorias precoces exigiam que o time tivesse um vasto elenco e de muita qualidade. Ainda bem que só com os reservas formava-se uma excelente equipe para encarar qualquer uma. A disputa por vaga de titular caracterizava-se como uma guerra à parte. Às vezes, causava alguns desconfortos ao Velho, pois havia pressão por renovação. E isso o abalava.

Talvez, ninguém sabia ao certo, seu grande mal fosse o caráter passional e de proteção intensiva. Insistia em manter alguns figurões, amigos seus de copo e de cruz, por seu apego excessivo a eles. Os atletas já estavam mal fisicamente, apresentando desgastes devido à idade e às farras. Essa prática do Velho sobrecarregava os que corriam.

A maioria dos jogadores, durante a semana, jogava várias peladas. Alguns disputavam o Campeonato Carioca de Futebol de Salão. Com a dureza dos jogos fora de casa, eles não aguentavam o ritmo, e as lesões eram frequentes. Assim, era preciso retirá-los dos principais jogos, mas fatalmente surgiam panelinhas, e o Velho adorava uma!

A realidade da mudança iminente era para ele um monstro apavorante a transtorná-lo e deprimir, talvez por sua infância de muitas carências. Não conseguia, nem tinha equilíbrio para conviver com a realidade. O time, em sua forma de pensar, teria que ser aquele para sempre.

OUTRO ANO GLORIOSO

Atravessou-se o ano seguinte com força máxima, ou seja, a maior formação adquirida pelo time. E, como deveria ser, as vitórias seguiram-se normalmente. Foi um ano de muitas lesões e mudanças de formação, mas o Velho era sabido! A estrutura do elenco formado dava tranquilidade, pois a excelente qualidade dos atletas garantia o equilíbrio, com muitas opções para possíveis imprevistos.

Àquela altura, Ari, o motorista do lotação, já se familiarizava com todos. E passou a ser um companheiro falante, participando ativamente das brincadeiras. Adorava botar pilha no Velho e deixá-lo nervoso. Sem contar que não dormia mais na hora dos jogos, passando a torcedor fanático. Não eram raras as vezes em que brigava com a torcida adversária e dava-se bem nas apostas. Gostava de armar confusões.

A bronca maior do Velho era quando marcava hora para os jogadores, e alguns se atrasavam. O ódio dele era indescritível! Ia de um lado para outro, gritando, resmungando, dizendo ofensas; perdia totalmente o controle emocional. Os rapazes faziam aquilo de propósito, para vê-lo assim. Então, combinávamos com Ari, sonso toda vida, de pegarmos o lotação no meio caminho. Ao invés de sentarmos, ficávamos deitados no corredor. Quem visse de fora achava que o veículo estava vazio, e deixávamos o Velho fazer aquele show todo lá fora. Em cima da hora combinada, longe de seus olhos, sentávamos nos assentos, na maior cara de pau! "Vocês ainda vão me matar!", esbravejava. "E você, Ari, tu é um filho... Virou também um sacana de m...?".

Velho Aldo, meu pai, também era um torcedor fanático. O primeiro assento, único, era exclusivo dele. Ali ninguém sentava; sem ele, o lotação não saía. Consideravam-no pé- de-coelho. Outros torcedores eram padrões. Seu Sebastião (carinhosamente apelidado de General), pai do Wanderley; o irmão, Peri. Este fazia parte da diretoria. Arthur, sobrinho do Velho, além de técnico auxiliar, era dirigente. Trabalhava de maneira incansável pelo time; era calado e na dele. Mas o pessoal gostava de encarnar no rapaz para ver o Velho nervoso, pois era seu xodó.

O mais folclórico era o Bira. O homem tomava uma cana daquelas; tinha características de malandro da Lapa e não perdia um jogo. Possuía uma voz potente; seus gritos eram ouvidos de maneira clara nos campos. Às vezes, auxiliava Paulino com algumas instruções. Gritava tanto que irritava o adversário e nosso time também. Um gaiato do bem que nos divertia bastante. Todos o adoravam. Seu Genecy era pai de Charles. Pará, outro cana brava. Seu Waldomiro (Miro) era nervoso e briguento. Luiz (carinhosamente chamado de Parafuso) foi um ouvidor paciente.

E havia tantos outros que abrilhantavam a passagem daquele cometa do Onze Rubros... Cada qual não media esforços em prol do time.

jogo mais importante daquele ano de foi a revanche com o Atlético de Viçosa. Os adversários tinham considerado a partida anterior, terminada em empate, uma vitória para o Onze Rubros.

Dessa vez, a viagem foi mais programada; fomos de véspera e pernoitamos na cidade. Mas o tiro saiu pela culatra. A ideia não foi boa para os dirigentes. O pessoal saiu pra farra à noite, e Paulino desesperou-se. Uns ficavam na pracinha, paquerando, e conseguiram namoricos. Programa light. Mas a outra turma, a maioria, foi parar no forró do bordel. A casa parecia um pardieiro; toda iluminada com lâmpadas vermelhas, penduradas pelo lado de fora. Havia ali sanfoneiro e regional. As prostitutas eram feias de dar dó! Zezé Macedo tentou tirar onda, mas com cachaça e à noite, todo gato é pardo. O pessoal não aliviou, e que farra! Que doideira! O baile estava animadíssimo e, depois de muita gaiatice, virou Carnaval regado a muita bebida. Não sabemos de onde surgiram confetes e serpentinas. Uma pornochanchada de assombrar!

Alguém, na madrugada, quando o rebuliço estava sem controle, gritou:

— O Velho está vindo aí!

Impressionante que, com aquela barulheira toda, ouviam-se seus gritos nitidamente. De repente, foi uma correria danada e uma porta só. E pra passar por ela? Houve gente pulando de cueca pelas estreitas janelas. Sem querer dramatizar, sem mentira. Paulino chegou gritando e dando o tradicional show de reprimenda. A dona do bordel interpelou-o, querendo barrar sua entrada. De imediato, ele xingou-a. Aí, o tempo fechou de vez! Gritaria, empurra-empurra das prostitutas. Ela, a dona do bordel, tentou bater no Velho, mas não pegou; então, ofendeu sua masculinidade. Foi um rolo daqueles!

De repente, ouviu-se barulho forte de um estalar. Era um belo bofetão de mão cheia. E, em quem? No Jacaré. Não se sabe quem desferiu o tapa; só se viu o pobre no chão, com a cara vermelha, e querendo briga. Não podia ser diferente: fomos expulsos. E a proprietária praguejava, dizendo, quase sem voz:

— Nunca mais voltem aqui, seus cariocas filhos...!

Quem dera a ideia da visita o bordel? Ninguém se acusou, é claro. Difícil foi calar o Velho, que parecia um disco arranhado.

No dia seguinte, realizamos outro jogão de bola. O estádio lotou, como sempre. O segundo quadro foi muito bem; ganhou e, para variar, deu seu tradicional showzinho. A partida do primeiro foi pedreira mesmo! Mas estávamos com um time mais fortalecido, e o melhor estava do nosso lado. Com um gol lindo de Nunes, de fora da área, vindo de suas maravilhosas arrancadas, escrevemos nossa vitória de 1 x 0. Vê-lo jogar era um prazer; e, no Onze Rubros, um prazer redobrado.

A essa altura, os adversários convenceram-se da nossa superioridade. Não houve violência; muito ao contrário, brindaram-nos com uma recepção digna de bons mineiros. Ali não voltamos mais, para nossa tristeza e saudade. Com a vitória, o Velho esqueceu o incidente do bordel, e cada um continuava contando suas peripécias. Era hora das risadas e dos deboches. E, como sempre, Jacaré foi o mais encarnado.

Tínhamos um prazer a mais: jogar no mesmo time dos jogadores que mais admirávamos. Era uma sensação maravilhosa, e como motivava!

Nunes e Nei... só quem os viu pode testemunhar. Ninguém filmou; ficaram, contudo, as narrativas daqueles que vivenciaram a época de seus extraordinários feitos.

Nei empregou-me, mais tarde, na empresa "Swift/ Armour do Brasil"; ele já trabalhava lá há algum tempo. Na verdade, formou-se, ali, um timaço de peso com vários jogadores do Onze Rubros, que lá se empregaram. Na época, as empresas incentivavam o futebol e orgulhavam- se de terem times fortes. Aquilo nos dava condicionamento e entrosamento; e todos beneficiavam-se.

TIPOS ESPECIAIS

Uma curiosidade... existiam os colaboradores voluntários que, por serem torcedores fanáticos, queriam participar das atividades cotidianas do time. Eis alguns deles a seguir.

O "Onze Rubros" também tinha o seu juiz oficial: o "Curió". Ele era sobrinho do Sr. Geraldo, torcedor mais vibrante e fanático pelo time.

Nós sempre o levávamos conosco para o caso de não ter quem apitasse os jogos, e a preferência recaía sobre quem o adversário escolhesse. Porém, quando ele apitava, estranhamente puxava a brasa para o time adversário. Adorava fazer média com o time da casa. O velho se desesperava, e quantas e quantas vezes ouvi seus gritos: "Curió ladrão sem vergonha, seu filho disso e daquilo!" Enfim, descarregava todo vocabulário de palavrões. Na volta a mesma ladainha: "Você é nosso e rouba para o adversário!"

Na semana seguinte estava lá o "Curió" pronto para apitar o jogo de novo. O cara era um juiz frustrado, muito gaiato e gente boníssima.

Paulinho Geleiro era o mais expressivo e empolgado. Tinha a função de conferir se todos os jogadores estavam dentro do lotação, antes da partida para os jogos.

Também deveria recolher, de porta em porta, no conjunto residencial, o gelo para possíveis lesões, ou sanar a sede dos jogadores. Colocava-os dentro do isopor e não o largava de forma alguma. Tornou-se muito querido por todos nós; era gente boníssima. Sua morte prematura levou-nos a uma grande comoção. Que Deus o tenha, bom amigo!

Ernesto, seu irmão, foi muito bom goleiro; pegava bem, era corajoso e esforçado. Também era goleiro do segundo quadro. Foi o sujeito mais teimoso que conheci na vida. Depois da enfermidade de Charles, ele foi o oficial do nosso time de guri. Não media esforços para colaborar com o Onze Rubros. De característica inusitada, cuidava do maleteiro de remédios. Não podia deixar faltar nenhum.

O roupeiro mantinha os uniformes organizados e lavados dentro de sacos. Não trabalhávamos com um específico; eles alternavam-se devido às reclamações constantes, porque ninguém aguentava ficar no cargo. O Velho, além de tudo, era também sapateiro de profissão; assim sendo, consertava as chuteiras, mas como reclamava! De safadeza, os atletas entregavam-lhe chuteiras velhas que nem usavam mais, só para vê-lo muito aborrecido.

ANO DO TRI

Anos 70. Do seu início até a Copa do Mundo, as atenções desviaram-se totalmente para a Seleção Brasileira. Com tantos supercraques no mesmo time, a motivação era frenética. A imprensa martelava as notícias polêmicas e deixava o povo com muitas dúvidas, principalmente quanto às escalações dos jogadores e do técnico. Havia um ceticismo geral em relação ao sucesso da seleção, por causa do insucesso da Copa de 1966. Os jogadores principais eram quase os mesmos. Porém, um dos poucos benefícios que a Ditadura Militar conseguiu foi manter ordem e disciplina aos Canarinhos. Tínhamos, conscientemente, a certeza de que jamais veríamos outra equipe daquele nível, com Pelé e Cia.

O time Onze Rubros manteve-se fiel ao calendário, em atividade normal, jogando fora. A equipe continuava embalada e vencendo. Foi assim até um período bem próximo ao campeonato mundial, na metade do ano. Então, cancelamos compromissos, a fim de todos acompanharem o desenrolar da campanha brasileira. E aquela copa era especial. À mediada que a Seleção brasileira avançava, os comentários voltavam-se exclusivamente para ela, bem apaixonados. A civilidade e o patriotismo atingiram seu auge. Cada vitória manifestava-se numa explosão de alegria. E o resultado não poderia ser outro: Brasil tricampeão!

Vivenciamos a maior festa que nosso país já fez. O que vemos, hoje, não se compara em nada às comemorações pacíficas, cheias de amor e confraternização do passado. Após cada fim de jogo com a vitória, os blocos saíam às ruas e varavam a madrugada. Ninguém se importava com o dia seguinte; e, quase sempre, o povo ia direto da festa para o trabalho. Tamanha foi a alegria que, durante algum tempo, esquecemos as agruras da Ditadura Militar.

Deus abençoe aqueles gênios da bola e recompense-os sempre!

VIDA QUE SEGUE

Pós-copa e fim de toda aquela euforia. Recomeçaram as atividades normais e também as do Onze Rubros. A ressaca trouxe o modismo exacerbado. Havia um entorpecimento de vaidades dos jogadores de futebol. Todos queriam mostrar, de alguma forma, que pareciam com os vencedores e que eram capazes de realizar as mesmas jogadas dos ídolos da Seleção brasileira. Por consequência, esse espírito atingiu nossos atletas. Xerém queria ser Rivelino. Celso, o Jairzinho "Furacão da Copa". Fulano, Gérson. E outros, como Tostão, Clodoaldo, Brito. Enfim, todos da seleção. O sonho dourado de qualquer boleiro era fazer parte da Seleção Canarinho.

Nosso time de esquina manteve-se fiel a seus propósitos e seguiu o curso de vencedor. Após os jogos, permaneciam as comemorações e, no dia seguinte, segunda à noite, os comentários dos jogos: "Quem jogou mais?"; "Viu o que fulano fez?". Na terça, queríamos saber do próximo adversário, e começavam tensões e ansiedades para a próxima partida. Quantas e quantas noites sem dormir! Se fosse um adversário forte e tivesse um campo bom, nem se fala! Queríamos voltar a ficar juntos, pois amávamos e vivíamos intensamente as emoções pré-jogos. E também as sensações de durante e após as partidas. Adorávamos aquele sonho real.

O time estava forte e prontíssimo para desafios mais ousados. Então, recebemos um convite que levou o Onze Rubros, no meio de semana, para um jogo-treino contra a equipe principal do Olaria F.C. Não decepcionamos; houve jogo duro, e só não ganhamos, porque um empate inesperado ocorreu quase nos acréscimos da partida.1 x 1.

Mais tarde, realizamos outra excursão, a convite da instituição financeira, na qual trabalhávamos eu, Té, Ivan Pelé, Sérgio e Beto. Teríamos direito à estadia em hotel e a outras mordomias. O jogo foi contra o time do BEMGE (Banco de Minas Gerais). Na época, o clube possuía uma sede esportiva espetacular, um verdadeiro complexo de entretenimento e de futebol, digno de causar inveja a qualquer clube profissional. Imaginem o tamanho do banco e a quantidade de funcionários! Com certeza, teriam mesmo que ter um excelente time. Os jogadores e seus dirigentes gabavam-se de estar com a equipe invicta e nunca terem perdido para um time do Rio. Mas, com todo o respeito, tinham convidado o indecente e inconveniente trapalhão — Onze Rubros! E, assim, tomaram duas pancadas com direito a muito chocolate: 4 x 1 duplos.

Aconteceram confusões habituais que envolveram jogadores no hotel e também fora dele; inclusive, até mesmo o Velho saiu do sério. Ele foi com alguns dirigentes a um bordel, no centro de Belo Horizonte. Descobrimos Paulino por lá, por acaso, quando, coincidentemente, chegamos e deparamo-nos com um bate-boca danado. Ouvíamos de longe sua voz rouca de trovão, inconfundível. Uma confusão danada estava formada, e por quem? Pelo Velho. Quando nos viu, ficou um pouco sem graça. Tomamos pé da situação, e uma das prostitutas estava em cólicas, gritando e praguejando. Ela dizia que o Velho queria uma "coisa" que ela não daria de jeito nenhum; além disso, não fora paga e esbravejava. Não sabíamos se ríamos, ou amenizávamos a confusão. Ele foi embora correndo de vergonha, e acertamos com a moça. Assim, ficou tudo certo. Mas imaginem a gozação em cima do técnico depois... Ele escondeu-se no quarto e só apareceu no momento de ir para o estádio.

Ainda em 70, tivemos uma excursão numerosa; na verdade, a mais concorrida de todas. Foi uma briga danada por vagas nos ônibus. E, apesar de termos reservado dois, havia gente para encher um terceiro. Porém, quanto mais torcedores, mais problemas. Tratava-se de uma partida contra o Fluminense de Caxambu — time de primeira de Minas Gerais. Nesse jogo-excursão, o Onze Rubros atingiu seu auge.

Levamos toda a nossa força poderosa conquistada passo a passo, ao longo de tantos sacrifícios e emoções vividas. Seria o maior plantel de toda a história do clube. O segundo quadro manteve a tradicional formação, recheada de novos talentos e mais alguns incorporados de outros times locais. O primeiro contava com vários jogadores promovidos e as feras tradicionais.

Por contusão, Ricardo, Jorge Crioulo e Lé não participaram. Se juntássemos as duas equipes, diríamos que formamos "o time para a eternidade". Claro que, com esse comentário, não estou menosprezando todos os outros jogadores que passaram pelo Onze Rubros e quem contribuíram muito para seu desenvolvimento e glória.

O jogo do segundo quadro foi desses shows de futebol que deveriam guardar o filme numa "Arca de Noé", ou num arquivo indestrutível, para jamais ser esquecido e não deixar se perder com o tempo. Assim, poderíamos transmiti-lo a outras gerações, sob o título "Assim se jogava futebol". Foi uma goleada de 5 x 2, emocionante e impiedosa. Não sei explicar o porquê do sentimento, mas me peguei chorando no campo. Talvez pela minha capacidade intuitiva diferenciada, sentia que aqueles momentos estavam próximos do fim. Também percebia que meus companheiros de clube não estavam entendendo nada! E acho que não entendem até hoje...

Nós ouvíamos a torcida, alegre e vibrante, gritar "olé".

Parecíamos possuídos por uma magia incompreensível.

No primeiro quadro, nova vitória: uma chinelada de 3 x 1. Aqueles jogos foram cercados de muitos mistérios. Os adversários receberam-nos com honras e gentilezas em sua sede, inclusive com um almoço digno de um banquete. Tivemos uma recepção calorosa e honrada. Infelizmente para eles, traímos sua confiança; e não fomos recíprocos nas gentilezas. No campo, é claro. Mas isso é o futebol! Se puder arrebentar o adversário, não perca a oportunidade. Mate a cobra e arranque a cabeça para confirmar.

BURRA TEIMOSIA

Que surpresas nos reservavam os dois anos seguintes? Inimagináveis! 1972 começou normal; e os jogos também. Aqueles craques figurões que o Velho tanto paparicava davam sinais claros de debilidade física e, consequentemente, técnica. A renovação não poderia esperar. As constantes contusões deixavam nosso técnico e amigo alucinado; todavia, ele insistia em mantê-los no time, por toda aquela burra teimosia, ignorando apelos de dirigentes, torcedores e jogadores. A tal ponto, de ele desistir de ir com o time num jogo contra o Clube Pedra de Guaratiba F.C. No último minuto antes do embarque, Paulino descontrolou-se e mostrou-se bem deprimido. E alguns figurões também não iriam por causa de contusões. Talvez porque suas forças dessem sinais de debilidade...

Fomos comandados por seu querido sobrinho, Arthur. Foram dois jogos lindos de futebol clássico, disputados com muita raça e determinação. Que campo bom! Para animá-lo, trouxemos as duas vitórias. Nosso comandante maior teria de estar sempre feliz.

Quando chegamos e demos a notícia das vitórias, o Velho caiu em pranto convulsivo; e isso não era seu estilo, pois raramente chorava. E assim permaneceu, na esquina, chorando o tempo em que estávamos jogando. Subia e descia as escadas para sua casa, no terceiro andar. Parece que repetiu a ação muitas e muitas vezes. Confessou que jamais faria aquilo de novo e que tinham sido as piores horas da sua vida.

Mais uma vez, aquela instituição financeira convidou o Onze Rubros para jogar em Uberlândia (MG), em estilo tira-teima. Eu, Té, Sérgio, Ivan Pelé e Beto, que trabalhávamos na instituição, mais Marquinhos, Babão e Zé Nilton formaríamos o time com alguns funcionários, para jogarmos contra o pessoal da filial. O primeiro quadro faria o jogo de fundo contra o time principal do Uberlândia. Aconteceria a partida no estádio "Parque dos Sabiás". A competição, na verdade, era por causa de uma aposta com o diretor da filial, um fazendeiro milionário e dirigente do clube. Ele duvidava que um time de esquina pudesse ganhar o Uberlândia, e ainda mais no seu estádio.

Saímos na sexta-feira e viajamos longas quinze horas até Uberlândia. Foi cansativo ao extremo! Repetidas vezes, dizia-se no ônibus: "É chão pra c...!". Ao chegarmos, fomos

recepcionados pelos funcionários, diretores e algumas autoridades locais com muitos fogos e ovações. Levaram-nos para uma fazenda cinematográfica, puseram-nos em aposentos e fomos para uma festa dentro da própria fazenda. Jamais tínhamos visto tamanha fartura! As churrasqueiras eram escavadas no chão, em valas de doze metros por dois, cobertas com uma imensa grelha. Carnes as mais variadas possíveis. Um verdadeiro absurdo em abundância! Os acompanhamentos também eram diversificados, servidos em pequenos tonéis: aipim, feijão, arroz, farofa. Barris de pinga e chope. Vimos aquela fartura de mineiro. Tinha gente ali que comia feijão e ovo todo dia e aproveitou ao máximo.

Bom, os comes e bebes começaram por volta de uma da tarde e vararam a madrugada. O Velho repetia a mesma frase: "Parem, parem! Vão descansar, o jogo vai ser pedreira!". Mas um doente mental do pessoal de lá deu a ideia de irmos à cidade, após contar uma série de vantagens sobre a mulherada local. Então, alguns fingiram ir dormir, arrumaram duas camionetes e, em silêncio, de madrugada, partiram. O mineiro que inventou aquela loucura teve vontade de defecar no meio da estrada. Então, paramos a camionete e, quando ele se embrenhou no mato, o safado do Fio pegou a direção. O que fizemos? Largamos o pobre ao relento, com todo o meu apoio; é claro! Eram uns 13 quilômetros de estrada de barro até a cidade. E repetiu-se o episódio da excursão de Viçosa; fomos parar no bordel. O filme era o mesmo: sanfoneiro, muito forró e mulheres feias. O ambiente não agradou a alguns, e voltamos à fazenda. Os que permaneceram, infelizmente iriam jogar no jogo de fundo. Os rapazes apareceram na fazenda pela manhã, e o Velho já tinha descoberto a fuga durante a madrugada. Então, foi a mesma ladainha: "Vocês não tomam jeito; são sempre os mesmos!". Não os deixou dormirem, apesar de as disputas serem pela manhã.

O primeiro jogo foi moleza. A fragilidade do adversário era evidente. Deu até pena! Pela grande recepção, demos de 5 x 1; se quiséssemos, faríamos bem mais. Passeávamos no campo, sem esforço.

No jogo de fundo, o bicho pegou! Nitidamente, alguns jogadores apresentavam sinais de embriaguez e cansaço extremo. O Velho, desesperado, só brigava. Repetia várias vezes: "Vocês pensam que cachaça é água?!". O primeiro tempo foi um desastre; meteram 3 x 0, e levanta a mão para o céu. Alguns jogadores arrastavam-se; era uma cena realmente lamentável! Paulino, esperto toda vida, substituiu os bois cansados e colocou Babão, Té, Pelé, Marquinhos e Beto, de cara.

De repente, fez-se outro jogo. Nosso time encurralou os adversários, por volta de 15 minutos do reinício. Eu entrei também. 3 x 1... 3 x 2; e Nei, num daqueles biquinhos certeiros, aos quase 40 minutos, empatou. Inacreditável! Meu irmão Beto estava impossível; e Marquinhos também. Chamávamos esse amigo, carinhosamente, de Maguila.

O empate estava de bom tamanho; já representava uma grande vitória. A vibração do Velho contagiava; mostrava- se garboso pelas substituições certas. Nei chorava em campo; era guerreiro, valoroso e raçudo. Por essas virtudes, parecia nosso irmão. Estava um pouco chateado comigo, porque, no primeiro tempo, torcíamos com a charanga e cantávamos a marchinha: "Você pensa que cachaça é água?". Ao contrário do que ele pensou, aquilo mexeu com seus brios e com o da rapaziada.

Com 3 x 3, partimos com tudo pra cima deles, numa velocidade voraz e eletrizante. O último lance da partida jamais esqueceremos! Saímos do nosso campo no toque de bola. Pelé, Té e Nei iam pelo meio. Fazíamos bastante aquela jogada. Empurrou a bola mais à frente para mim, na lateral direita. Rapidamente, lancei para Beto; ele deu um drible sensacional no beque, foi para a linha de fundo; quase dentro da grande área, cruzou à meia altura, forte. Marquinhos, num peixinho corajoso, cabeceou para o fundo das redes. Invadiu um ônibus inteiro de passageiro no campo, abraçando-se; quase o matamos sufocado! O fazendeiro estava pasmado e perdeu uma nota em apostas. Via o mais espetacular da trajetória gloriosa do Onze Rubros. Deus mostrava-nos os sinais claros da renovação. E que a qualidade continuava absolutamente a mesma; as vitórias permaneceriam.

Outros jogos seguiram-se, mas as evidências de enfraquecimento do grupo eram latentes. Vários jogadores casaram-se, inclusive, precocemente, meu irmão Ângelo. Outros namoravam firme, estavam quase noivos e dedicavam-se às famílias e às namoradas, esvaziando a esquina. O Velho não aguentava a nova realidade. Falava constantemente em desistir, num misto de ciúme e cansaço. Seu poder em relação aos jogadores fragilizava-se, com a concorrência das esposas e namoradas. Acreditem: ele tinha um ciúme monstro de nós.

Contudo, sabíamos que não era nada disso. O time mágico perdia as forças e, com as constantes crises do Velho, ficávamos inseguros quanto ao futuro. O pior de tudo eram os fortes boatos do término do campo do clube Maravilha, e de todo o complexo residencial. O Governador do estado do Rio de Janeiro, imposto pela Ditadura, para agradar aos moradores da Zona Sul, iria construir um grande conjunto habitacional e remover uma das favelas.

A notícia estourou como uma bomba! Aquele campo, onde aprendemos quase tudo de futebol, que nos deu tantas alegrias e emoções, iria acabar! Um pedaço de todos seria arrancado, para satisfazer à hipocrisia dos políticos nojentos. Numa tentativa aristocrata, várias favelas da Zona Sul eram removidas para campos, numa tentativa de tapar o sol com a peneira; óbvio que não daria certo. Pela revolta, um clima de violência sem precedentes instalou-se nesses locais; fez- se a disputa dos novos moradores contra os antigos.

Não foram poucas as tentativas no sentido de impedir tal absurdo. Algumas campanhas foram feitas com abaixo-assinados e projetos de recreação para a comunidade local; todavia, nada adiantou.

Havia a certeza de que não só o Maravilha acabaria. Seria o começo do fim da era mais dourada do futebol. "Os campos de várzea" deram ao Brasil os maiores gênios da bola, e estavam por findar... E, consequentemente, o tricampeonato mundial. Dizimavam-se esses campos pela explosão demográfica inconsequente e irresponsável, pelas migrações de todo o país, principalmente de nordestinos que, em desespero, deixavam suas terras em busca de um eldorado utópico.

Jamais desejaríamos o fim do Maravilha. Apesar de ser nosso maior rival, reconhecíamos nossa existência a partir dele. Mesmo depois de nossa vitória sobre os maravilhados, deixavam-nos usar o campo para treinos. Portanto, a notícia uniu nossos ideais; víamos na continuação daquele clube a nossa existência também.

O abatimento do Velho e o nosso eram de dar dó. A realidade do fim era de impossível assimilação. Aliada a isso, a constante incerteza de quanto tempo ainda teríamos aqueles times, aqueles campos. Isso nos enlouquecia! O amor pelo Onze Rubros e que tínhamos uns pelos outros, como disse Paulinho da Viola, "...não era do céu, nem era do mar..". Esse rio passava pelas nossas vidas. Nossos corações seriam levados, completamente despedaçados.

UMA FESTA DIFERENTE

A festa de encerramento daquele ano de foi mágica. O jogo de casados contra solteiros foi difícil de ser organizado, visto serem poucos solteiros existentes nos times de peso. Aqueles craques casados estavam fora de forma. Mas, em emoção, organização e alegria, não teve outra. E vivemos uma choradeira danada, pois sentíamos o adeus próximo. As dispersões causadas pelo próprio desenrolar da vida eram claras e evidentes. Cada um tomaria seu caminho; a saudade iria nos acompanhar e, por vezes, dilacerar os corações.

Narraria todo o processo final de nossa história com os times de várzea; porém, se contasse cada detalhe, o livro tornar-se-ia do tamanho da Bíblia. Seriam fatos que não enriqueceriam em nada todo o brilhantismo de nossa espetacular trajetória.

O FIM ANUNCIADO

O previsto concretizou-se no ano seguinte. Após exatos dez anos, nosso castelo de sonhos estava por desmoronar! Eu, meu pai, Beto e minha irmã, por força das circunstâncias, tivemos de nos mudar do lugar que mais alegrias tinha nos dado. Como somos gratos a Deus! Bendito seja Quintino e todas as pessoas que compartilharam de nossas vidas, que nos ajudaram a formar nossa personalidade voltada ao bem e ao desenvolvimento espiritual.

O início de foi aos trancos e barrancos. Muitos tinham deixado o time e, na verdade, ninguém entendia o motivo. Éramos muitos jovens; eu só tinha 22 anos. Beto estava com 19; e a maioria dos jogadores regulava mesma idade. Ainda tínhamos juventude e qualidade. Mas dependíamos daquele velho, e todos se esforçavam para mantê-lo motivado.

Essa luta foi a mais titânica de todas. Brigávamos contra um inimigo invisível e de alta destruição. Não conseguíamos entender a mente do Velho. Ele não tinha e não queria ter mais paciência. Depois de muitas reuniões e apelos, e tomado de uma súbita motivação, Paulino resolveu dar seguimento ao time. E um jogo foi marcado contra o Anchieta F.C., que tinha fama de bicho-papão. Inusitadamente, a partida aconteceu num sábado à noite. Seria um jogo só.

Fomos para o vestiário e, talvez ali, tenha ficado claro que o futuro não existiria. Apesar dos pedidos, o Velho entregou as camisas aos craques antigos, que não tinham mais resistência. Ele contrariava uma frase sua: “Futebol é juventude”. Nunes, inconformado, tirou a camisa e disse que não jogaria mais no time, pois o Velho insistia num erro, e ele não correria pelos outros. Uma pequena confusão formou-se, havendo troca de palavras ríspidas. Nosso técnico voltou atrás na decisão e lançou os mais jovens.

O jogo terminou 1 x 1, numa daquelas célebres atuações do time. Alguns detalhes tiraram-nos a vitória. Mas deixou evidências claras de que tudo poderia continuar do mesmo jeito. Mas não foi o bastante! A teimosia passional, o ciúme doentio pelos antigos atletas, o inconformismo pelo fim daquela geração, somados à confirmação do início das obras do conjunto habitacional no campo do Maravilha, evidenciaram o fim dos campos de várzea.

Enfrentavam-se as atuações de jogadores que, num curso normal, não teriam condição de vestir a camisa tão gloriosa. Ademais, havia a desistência dos jovens fundadores, que não mais enxergavam no Velho a luz que se transformava no combustível propulsor à motivação e à força dos vencedores.

Aquele time de esquina, com características de grande, o Onze Rubros A.C., terminava seu ciclo. Passou tal qual um grande cometa: rápido, extremamente brilhante. Contudo, em nossas mentes e corações, jamais deixará de existir...

Não entendemos, até hoje, o porquê do seu término tão prematuro. A perplexidade de todos, no conjunto e do bairro, diante daquela realidade foi imensa. Havia a frustração de novos valores, candidatos a craques, que teriam orgulho e dedicação ao vestirem a camisa tão cobiçada do Onze Rubros.

O Velho, para manter-se próximo e poder conviver com os atletas, participava de todos os torneios e campeonatos de peladas, organizados no bairro, desses de futebol society. O time de veteranos conquistou; e junto aos mais jovens participavam de torneios organizados de acordo com a faixa etária. Viraram covardia e mesmice as competições, com vários troféus conquistados.

Nos finais dos anos seguintes, fazíamos a festa como se o time ainda existisse. Lembranças, saudades, comentários dos jogos e choradeira... havia uma amizade forte e apaixonada, indissolúvel. Ninguém se desviou do caminho do bem, e isso orgulhava o Velho. Ele adorava comentar: “O fulano é médico; o beltrano é engenheiro... “. A alegria permanecia sempre que nos reuníamos.

A MAIOR FESTA DE TODAS

Tínhamos ido fazer algumas compras para suprir as necessidades de uma das festas de final de ano. Estávamos juntos eu, Ângelo e o Velho e resolvemos almoçar numa churrascaria, porque nosso antigo técnico adorava, e queríamos dar esse prazer a ele. Paulino estava muito feliz e eufórico; pediu-nos um favor. Sabia ele que organizávamos grandes festas que sempre davam certo.

— Ano que vem, eu quero fazer a maior de todas as festas e quero que vocês organizem.

De imediato aceitamos; um pedido seu era uma ordem. O que nos pediria que não faríamos? Daquele instante em diante, Paulino só falava na festa. Cada vez que nos encontrávamos, tinha uma ideia diferente, e acatávamos. Queríamos agradá-lo no que fosse. No decorrer do ano, visitamos o Velho com frequência, e o assunto era sempre a grande festa. Mas atestamos que sua debilidade física fazia- se presente, e ele dizia para mim que não iria muito longe.

Então, reunimos um grupo de ex-atletas e formamos uma comissão de festa. Colaboraríamos com uma quantia por mês, sem nos preocuparmos com os que não podiam pagar. Seriam todos convidados, independentemente de poderem colaborar ou não. Assim foi organizada a festa. Fazíamos reuniões periódicas. O Velho estava sempre eufórico e muito feliz; imaginava mil coisas. Era contagiante! A satisfação de poder dar a ele aquela realização não dá para descrever.

UM DIA PARA SE ESQUECER

Aquele dia seis de setembro estava lúgubre e cinzento, exatamente como o da morte de minha mãe. Fui trabalhar normalmente, mas não estava me sentindo bem. Colegas de trabalho perguntavam-me se estava com algum problema, e eu negava. Mantinha-me calado e solitário; algo me deprimia. Fui caminhar um pouco na rua. Andei, andei; entrei numa igreja e fiquei por um tempo quieto, em meditação. Sentia vontade de chorar e não sabia porquê. Quando voltei ao trabalho, disseram-me que minha esposa tinha ligado e pediu um retorno, urgentemente. Lembro-me de que um frêmito abalou meu corpo, a mesma sensação de quando minha mãe partiu... Não entendia o motivo, mas sabia que viria notícia desagradável. Liguei. Minha mulher estava com a voz trêmula. Sabia que, para mim, a notícia a ser dada seria um choque muito grande. E tinha razão; foi uma das mais terríveis da minha vida!

— Francisco, o Velho morreu...

— Que velho?

— O Paulo Velho!

— Como? Ele estava tão bem... tão feliz! Deve ter sido engano...

Só me vinha o mesmo pensamento... Deus meu, faça com que isso não seja verdade. Ele queria tanto aquela festa... Como pode ser?!

Que choque terrível, dadas as circunstâncias do momento! Nossa referência, que nos entusiasmava com incentivos paternos, partira. Saí correndo como louco; nem sabia que rumo tomar. Não esperei o elevador; desci 11 andares pela escada. Peguei rapidamente um táxi na ânsia de vê-lo no hospital, vivo.

Ainda acreditava que a notícia era a respeito de outra pessoa e queria ver para crer. A realidade que tanto o apavorava, naquele momento, transtornava-me. Mas, para minha profunda tristeza, confirmava-se. Tudo estava consumado. Justamente na véspera da grande festa, véspera do inesquecível Sete de Setembro de vitória antológica.

Fui informado de que o Velho passara mal, após o jogo do seu time de coração e do meu também, o Fluminense F.C.; era um torcedor apaixonado. O jogo fora contra o Palmeiras, e o tricolor levou uma goleada histórica, colocando-o próximo ao rebaixamento.

Eu, meus irmãos e os amigos mais íntimos choramos bastante a morte daquele velho, durante muitos dias. E, até hoje, choramos de saudade. Seu enterro foi sob chuva torrencial, mostrando que o céu também chorou conosco.

A GRANDE FESTA

Mesmo com a comoção anterior, decidimos dar prosseguimento à festa, a que ele mais desejava. Num dia muito bonito de céu azul e sol de raios fúlgidos e brilhantes, fizemos uma alvorada vespertina com muitos fogos. Obedecíamos exatamente aos detalhes que o Velho estipulara. E foi inesquecível! Momentos marcantes aconteceram durante a festa. Tivemos torneio de pelada no campinho do conjunto, todo enfeitado com as cores do Onze Rubros, com a presença dos jogadores que ele tanto adorava. Como estava lotado!

Porém, o mais marcante foi quando inauguramos, no campo de nossas peladas de guri, (o Morrinho), um pedestal com seu nome. Mandamos gravar a frase que ele tanto nos ensinou com veemência. Seu sobrinho-neto descerrou a placa com os dizeres: Campo de Pelada Paulino dos Santos — "União, Disciplina, Raça e Determinação". Sem isso no futebol, nenhuma conquista poderá ser alcançada.

Ao fim da cerimônia no campo, com muitos fogos e ao som da versão da maravilhosa música composta por Charles Chaplin, "Sorri", interpretada por Djavan, uma pomba branca foi solta. De mãos dadas estávamos todos, numa atitude jamais vista no conjunto. Os presentes no campo, ao redor e nas cercanias rezaram o Pai Nosso. A oração levou ao nosso velho e a todos que se juntaram a ele, participantes do nosso time de esquina, saudade e gratidão.

Naquele lugar, muitas gerações hão de vir, principalmente as geneticamente descendentes dos participantes ativos do Onze Rubros. As histórias serão contadas; verídicas e outras, pouco exageradas. Afinal, contar um conto, certamente é aumentar muitos pontos! Mas não fora uma fábula, tampouco uma lenda. Aquele time extraordinário de esquina existiu!

Velho, descanse em paz!

AGRADECIMENTOS

Sinceros e cordiais agradecimentos e toda minha gratidão pela paciência, compreensão e incentivo da minha querida esposa Elizabeth e dos meus queridos filhos Alessando e Júlio Cesar, aos meus irmãos Filomena, Ângelo e Carlos Alberto, a toda a família Oliva/Allevato, a Arthur dos Santos Bezerra (sobrinho do "Velho", ex-dirigente), Luiz de Oliveira Nascimento (carinhosamente Parafuso) ex-dirigente e a Marcos Emanuel Colaço.

Agradeço ainda aos dirigentes e jogadores que participaram ativamente da fundação e de toda trajetória do "onze rubros", os dirigentes Paulino dos Santos (Velho), Genecy da Silva e sua esposa Celsa, Wandenkolk Hudson Ferreira e sua esposa Laura, Oliva Alduco (Velho Aldo), meu amado pai, Sebastião Luxemburgo (carinhosamente General, pai do Wanderley e Pery), Geraldo João de Oliveira, Waldomiro (Miro), Narciso Bedel e Bira (Voz de Trovão); aos jogadores Jorge Milled, Ricardo Milled, Paulo Mattos de Oliveira, Almir Malaspina, Wagner Monteiro Parayba, Ademir Paulo Roma, Renato Falcão e Walmir Furtado (Extraordinário Nunes).

2ª edição | fevereiro 2023
impressão | eskenazi
papel miolo | pólen bold 90g/m^2
papel capa | cartão triplex 300g/m^2
tipografia | apothecary e calluna